ज़िन्दगी अगर शायरी होती

(काव्य संग्रह)

मधुप बैरागी

साहित्यपीडिया पब्लिशिंग

साहित्यपीडिया पब्लिशिंग

नोएडा (भारत) – 201301

दूरभाष - (+91)-961-806-6119

ईमेल - publish@sahityapedia.com

वेबसाइट - publish.sahityapedia.com

प्रथम संस्करण - 2018

ISBN - 978-81-937022-6-0

गुरुदेव के चरणारविंदों में समर्पित नाम शब्द महिमा

शब्द महिमा

मन भावन लागे मीत गीत
जलते हैं पग-पग दीप-दीप।।
है रोशन हृदय-दीप से
आलोकित गृह-जीवन मेरा।।
यह घर नहीं है
मन्दिर है भगवान का।।
रनित शब्द है राम नाम का
ध्वनित होता अपने आप है।।
पापों का करता नाश है
रस पीता -पिलाता आप है।।
उजियारा फैलाता पास है
ऐसा यह नाम खास है।।
यही जीवन की आश है
और यही गुरुदेव से अरदास है।।
मन भावन लागे मीत गीत
जलते हैं पग-पग दीप- दीप।।
-मधुप बैरागी

मन की बात

जिंदगी अगर शायरी होती
ना तुम मुझसे यूं दूर होती
अहसास हरदम रहता यूं
जिंदगी मजबूर ना होती
कहते रात को फलसफे
दिन फिर रात ना होती
अगर वक्त रहते मिलते
हिज्र की रात ना होती।।
-मधुप बैरागी

मनन और मंथन व्यक्ति के हृदय में चलनेवाली सतत धारा के समान है जो अविरल हृदयाकाश में चलती रहती है। जीवन रूपी पथ पर चलनेवाला पथिक राह में आनेवाले मंजर को देखता है और उसके मन में मनन की सतत प्रक्रिया प्रारंभ हो जाती है। प्रकृति अपने अनेक रूपों में मानव मन को प्रभावित करती है चाहे वह मानव प्रकृति हो या ईश्वरीय प्रकृति व्यक्ति इसके प्रभाव से अछूता नहीं रह सकता। कुछ ऐसा ही मेरे साथ है मैंने सायास बहुत कम लिखा है अनायास स्वप्रेरणा से जो लिखा जाता है उस आनन्द की अभिव्यक्ति करना मानव-वाणी से परे की बात है जहां तक लेखन की बात है 1990 से यूं ही मित्रमण्डली-संग लिखना प्रारम्भ किया बस मन के भावों को लिपिबद्ध करना सीखा। लेखन-पथ मे कभी विराम आया कभी अविरल लेखनी चली। कभी हकीकत तो कभी स्वप्नावलोक को व्यक्त करने की कोशिश लेखनी द्वारा की गयी। इस कोशिश में मेरे निकटतम मित्रों का प्रोत्साहित करना काफी सराहनीय रहा।

मैंने कभी अपने आप को कवि नहीं समझा और ना ही कोई कवि जैसी बात मुझमे है। केवल केवल मैंने अपने जज्बातों को अभिव्यक्ति देने की कोशिश की है। मैंने राजस्थानी, हिंदी, उर्दू-फ़ारसी, अंग्रेजी शब्दावली से युक्त रचनाऐं जिसमे गीत, ग़ज़ल, शेर, कविता और मुक्तक रचनाऐं कृष्ण कृपा से लिखे मेरे जज़्बात आपको समर्पित है।

जय श्रीकृष्णा

मधुप बैरागी
(भूरचन्द जयपाल)

अनुक्रम

1) घबराहट- मेरी पहली कविता

मर रहा था

मगर

डर रहा था

मौत से नहीं

मै घबराहट से

मर रहा था

कहने जा रहा था

दो चार पंक्तियां

मुर्दा लाश की तरह

बोलता जा

रहा था ऐसे जैसे

तेज स्पीड से

चलता हुआ इंजिन

डर लग रहा था

कहीं लाइन से

नीचे न उतर जाऊं

स्टेज से उतर कर

आ रहा था ऐसे

जैसे सारी एनर्जी

ख़त्म हो चुकी हो मेरी।।

2) हां कृष्ण कन्हैया हूं मैं

हां कृष्ण कन्हैया हूं मैं
अच्छा है आपने मेरे मोहन
का रूप तो देखा मुझमे
पर तुम क्यों कंस
का रूप धरते हो
ईर्ष्या में परवश होकर
नाहक जलते हो
यह बात सार्वभौम सत्य
ईश्वर मानव ह्रदय में बसते है
फिर क्यों
अपने ह्रदयारविन्द में
विराजमान
ईश्वर को छलते हो
रहो प्रसन्नचित
ले हास वदन पर
क्यों झूठा क्रंदन करते हो
वन्दन उस ईश्वर का कर लो
धरा पर धरा मानवरूप
कुछ तो अच्छे कर्म कर लो
कभी तो मुझमें ही
मोहन मुरलीधर
के दर्शन कर लो
फिर ना रहेगा भेद मन में खेद

मोहन और मोहित में
बस करना हो तो तुम
केवल अपना करम कर लो
हां कृष्ण कन्हैया हूं मैं
अच्छा है आपने
मेरे मोहन का
रूप तो देखा मुझ में।।

3)   भगवान के चरण कमल

भगवन के चरण-कमल
कितने मनोरम सुंदर है
मन चाहता है मन को
इन्ही में अर्पण कर दूं
हम कितने स्वार्थी हैं
जब दुःख आते है तब
दोष देते हैं भगवान को
जब सुख आते है तो
शुक्रिया तक नहीं करते
उस करतमकर्ता का
हर पल हर क्षण उसी को
अर्पण करदो और देखो
उस करतमकर्ता का कमाल
मन में विश्वास रखो धैर्य रखो
वो हमसे दूर नहीं है

हम ही उससे दूर
होते जा रहे हैं
वह तो सदा से ही हमारा है
हमारा इंतजार करता है
सच्चे प्रेमी की तरह
निस्वार्थ निर्मोही शांत
जिस पर परिवर्तन का
कोई असर नहीं होता
जो सदा से एक-रस है
और जिसे
किसी में रस नहीं आता है
फिर भी
वो नीरस नहीं है।।

4) मुहब्बत का सिम्बल ताज

एक ताज है खड़ा आज
मुहब्बत का सिम्बल बन

न जाने कितनी जाने गयी
इसे बनाने की शहादत में

आज हमको आदत हो गयी
इसे प्यार का घर बताने की

बनता है मकबरा किसी के
मरने के बाद उसकी याद में

न जाने कितने जिन्दा दफ़न
हो गये मृतक- घर सजाने में

एक बादशाह ने कितनी जाने
गंवाई मुर्दा मुहब्बत सजाने में

हम आज देते हैं बानगी उसी
बेरहम मकबरे की मौजूदगी

नहीं हो सकता वो सिम्बल
मुहब्बत का आज ताज

उसे तो गिर जाना चाहिए
आज के आज।।

5) यू एण्ड मी

यू एण्ड मी
सम डिस्टेंस
यू एण्ड मी
फिजिकली
नॉट स्पिरिचुअली
आई नीड यू
आई लाईक यू
आई फील यू
आई डील यू
व्हाई?
यू एण्ड मी
बोथ आर फ्रेंड।।

6) क्या मुहब्बत है

क्या मुहब्बत है
कभी हमने तुमसे की
कभी तुमने हमसे की
ना जाने कब
प्यार के सागर में
ज्वार आया और
क्रोधरूपी हलाहल
निकला ....
मैं शिव तो नहीं था जो
पी जाता हलाहल और
नीलकण्ठ कहलाता
जहर ऐसा घुला
प्यार के प्याले में
तबाह कर गया
दोनों जहां
अगर चाय की
चुस्की की तरह
थोड़ा हम पी लेते और
थोड़ा तुम पी लेते
तो दोनों मर जाते
और ये प्यार
अमर हो जाता
या फिर मीरां की तरह

अमृत समझ पी जाते
और ये विष कलयुग
का अमृत हो जाता
शायद टूटते रिश्ते
दुहाई देते
हमारे प्यार की
शायद बच जाते और
आधुनिक अर्धनारीश्वर
के गुण गाते नही अघाते
और कहते
वाह क्या मुहब्बत है।।

7)   बादळी सुहावणी

दिवाळी ने दीप जलास्यां
बाती करसी रात्यां राती।
इब आवण वाळी काती ने
रात्यां करस्यां आपां राती।।
बादळी सुहावणी तूं
विचरे चारों ओर है
एक देश सूं देश दूसरे
झूम-झूम न घूमे है।।
इक संदेशडलो पहुंचा दे
म्हारे प्रितमड़े ने आज
याद घणी आवे है थांरी

हिवड़ो तड़पत जीव जाणे।।
बादळी पिऊ सूं कह दे
हिवड़े में रहसूं मैं थांके
विरह काळजो छीजे है
पण हिवड़ो प्रेम सूं भीजे है।।
इण विरह बादळी रे बरस्यां
बीज प्रेम रा निपजे है।।
आवण वाळी दिवाळी ने
फसल प्रेम री काटस्यां आपां
इब तो सिंचण रो है टेम
पेम बेली ने हिरदे सूं।।
संदेशडलो पहुंचा दे तूं
बादळी प्रीतम ने आज।।

8) बाबा साहेब ने कहा था

बाबा साहेब ने कहा था
आखिरी वक्त
सावधान !
कभी भी छल सकता है वक्त
इसलिए
मैं तुन्हें आगाह करता हूं
खोना मत अपने अधिकारों को यूं
बड़ी मुश्किल से जीती है मैंने ये जंग
सावधान ! सम्भलकर चल
देखकर चल
मेरा ये उठा हुआ हाथ सदैव
तुम्हें सावधान करता रहेगा
तुम मेरे इस बलिदान को
यूं ही व्यर्थ ना जाने देना
मेरी कही बात को ध्यान रखना
मुझे अपनों से ही डर लगता है
गैरों से तो मैं सावधान रहता हूं
आज दूसरा हमे हरा नहीं सकता
डरा नहीं सकता मगर
अपना ही हमे मरा सकता है
इसलिए सावधान !
गैरों से और अपनों से
तभी हमारी अस्मिता बची रह सकती है

मैंने जो तुम्हारे लिए
निर्माण का रास्ता बनाया है
उस रास्ते पर सम्भलकर चलने की
मेरे इस निर्वाण दिवस पर सपथ लो
मेरी ये प्रतिमा तुन्हें आगाह करती है
अपनी प्रगति के इस
कारवां को रुकने नहीं देना
अनवरत चलते रहना
पहरुहे सावधान रहना।।

9) नशा शराब या तुम्हारी आँखों में

नशा शराब या तुम्हारी आंखों में
नशा केवल शराब में ही नहीं है
तुम्हारी आँखों में भी है
शराब पीने के लिए तो
महखाने जाने पड़ता है
तुम पिलाती हो तो पूरा
घर महखाना बन जाता है
तुम्हारी आंखे पैमाना
शराब पीकर तो शराबी
गलियों में गिरता पड़ता है
अपनी और अपनों की
आबरू खोता है और न ही
किसी का सहारा मिलता है

जो थामले
तुम्हारी मदभरी आंखों में
वो नशा है जो गिरते हुए
को भी अपनी बाँहों में थाम लें
आंखों ही आंखों में वो
पीकर मदहोश हो जाता है
बिना एनेस्थीसिया के ही
जो बेहोश हो जाता है
सुबह उठते ही बीमार से
पूर्णतः स्वस्थ हो जाता है
अब तूं ही बता नशा
शराब में ज्यादा है
या तुम्हारी आंखों में
नफ़ा तुम्हारी आंखों में
ज्यादा है या फिर
शराब की राहों में
जो आदमी की इज्जत को
घुमा दे चौराहों में
फिर आदमी फिरता है
क्यों दो-राहों में
अब बता नशा
शराब में ज्यादा है
या तुम्हारी आंखों में।।

10) विश्व ने माना जिसका लोहा

विश्व ने माना लोहा
क्या हिंदुस्तान कभी मानेगा

एक
महामानव आया था जग में
क्या कोई उसे पहचानेगा
रहकर मुफलिसी में जिसने
नही केवल मुफलिसी कहना
तोहीन होगी उस महामानव की
जिसने ऐसे ऐसे मानव निर्मित
स्वर्ण-अवर्ण के बड़े दुःख झेले हैं
स्वार्थ से परे होकर जिसने अपनी
आधी आबादी को आजाद किया
मगर खेद यही भेद यही आज भी
इस पावन कहलानेवाली धरा पर है
मानव मानव में एक दार्शनिक भेद
आज भी विद्यमान है जो अद्दश्य
मि. इण्डिया की माफिक अप्रत्यक्ष
विश्व ने माना तभी भारतीय माने हैं
वरना अनभिज्ञ रहते भारतवासी
सीमित दायरे से निकलकर आज
छवि छायी है इस संसार में
दुनिया का कोई लाल नही

जो बाबा की सानी कर सके
मगर ये
ध्रुवीकरण धर्म के नाम जाति का
कौन किये जा रहा है समझो
अभी भी है समय चेतो जागो
गहरी नींद से हे मानव
जीना है तो जीने को संघर्ष करो
ना बीफरो ना बिखरो जहां में
संगठन ही है प्रभावी और
मत होने दो दूसरे के विचारों
अपने विचारों पर हावी

सोच लो केवल शिक्षा से
हम संवर नही सकते

संगठन संघर्ष नही सीखा तो
कभी अपनी ताकत को गैर
के सामने नही दिखला सकते
ताकत का प्रयोग जरूरी नहीं

मग़र
ताकत का अहसास जरूरी है
देखे अगर गैर भी तो सो बार सोचे
हमे अपनी ताकत का

अंदाज जरूरी है
संगठन पहले जरूरी है शिक्षा से
संघर्ष जरूरी है कुछ पाने को

आज माना है दुनिया ने लोहा
उस अतुलनीय महामानव की
शिक्षा को नमन्

उस महमानव को जिसने कभी
दूसरों का मुंह नहीं ताका
करते चले करणीय कर्म
दुनियां को दी सीख

शिक्षा संगठन संघर्ष बिना
जीवन जीना व्यर्थ।।

11) भीम लक्ष्य

भीम लक्ष्य था उस महा मानव का
जिसने झेली तिरस्कार-पीड़ाएं और
खोया अपनों को मानवहित खातिर
हम आज किये हैं वाद अपने हित

मित सीमित है स्वार्थ आज अपने
विश्व मनाता है ज्ञान-दिवस अवस
जन्म उनके जन्म-दिवस को आज
उस ज्ञान-पुरुष की महिमा-मण्डन

करता है जग आज विवश-अवस
देख मन करता नित -नित खेद
लोहा माना ज्ञान का दुनियां ने
मान दिया सम्मान दिया जग ने

पग-पग होता उस ज्ञान-पुरुष की
प्रतिमा का फिर अपमान यहां
एक ओर योग्यता का पीटा
जाता जोर जोर से ढिंढोरा

बोलो आज कहां है वह पैमाना
योग्यता को है जिससे नापा जाता
छुद्र विचार रखते कहते शुद्र उन्हें

सोचो अंतर-अपने इंसानी-दिल में

क्या भेद नहीं, क्या खेद नहीं है
क्यों हठधर्मिता दिल- अपनाते हो
छोड़ो वाद छोड़ो स्वाद जिव्हा का
अपनाओ उस परम सत्य को तुम

जिसको अब तक झुठलाते आये हो
गहन विषय है गहन समस्या भारत
मत उलझो वाद-विवाद सम भारत
नहीं कोई किसी से कम जो जन्मा

इस प्यारे भारत, आरत भारत में
भीम लक्ष्य था उस महा मानव का
मानव-मानव में जीवित सदभाव रहे
मातृशक्ति संत्रस्त पीड़ित आज़ाद रहे
भावों को गहे-अहे जीव आज़ाद रहे
माता का अपने पुत्रों के प्रति सदा-
सदा सम - भाव रहे सम- भाव रहे
कह गये सादर भीम मानव मन में
इक - दूजे के प्रति आदर भाव रहे
समता ममता भाव सदा समभाव रहे
लोहा माने विश्व ज्ञान तेरा सरताज रहे
लक्ष्यभीम तेरा सदा विश्व पर राज रहे।।

12)　मैं शब्द-शिल्पी हूं

मैं शब्द-शिल्पी हूं शब्दो को जोड़ता हूं
मैं विध्वंसक नहीं जो दिलों को तोड़ता है /हूं
फिर भी लोग मुझे इल्ज़ाम दिये जातें हैं
मैं मोम-सा कोमल पत्थर किये जाते हैं
ना जाने क्या चाहते हैं मुझसे बेकार में
मेरा- अपना समय बर्बाद किये जाते हैं
चाहते है कौनसी मुझसे दौलत यूं ही
अपने-आप को शर्मसार किये जाते हैं
बेसुमार दौलत है मेरे पास शब्दों की
लुटाना चाहता हूं मैं शब्द -शिल्पी हूं
कहते हैं मुझको चोर और क्या-क्या
बस मेरे पास दिल एक है दूजा नहीं
कहां रख पाऊंगा दूजे दिल-ठौर नहीं
कर लो चाहे जितना दोषारोपण मुझपे
मैं कोई ओर नहीं मैं शब्द -शिल्पी हूं
बिछाकर शब्दों की बिसात यूं खेलता हूं
अपने ग़मों को शब्दों से यूं ठेलता हूं
पेलता हूं ग़मों को मार शब्दों की मार
यूं जिंदगी में मिले ग़मों को झेलता हूं
लोग कहते हैं मैं चोर हूं चित-चोर हूं

मैं शब्द-शिल्पी हूं शब्दों से खेलता हूं
बस शब्द-शिल्पी हूं यूं ही खेलता हूं।।

13) ऐ चाँद

ऐ चाँद ! तेरी रौशनी
दुनियां को शीतल कर दे
मेरे हृदय की आग को
क्यों ठण्डा नहीं करती

ऐ चाँद ! क्या तुम भी
भेदभाव करते हो
इन्सां-इन्सां के बीच
रोशनी सब के लिए है
मेरे लिए अंधेरा क्यूं?

ऐ चाँद ! खुदा जन्नत में है
मेरी शिकायत कह देना
कहते लोग नूर-ए-खुदा
जगमग जहां करता है
तूं भी तो उसी के नूर से
रोशन आसमां में होगा
ना दोष दूंगा मैं तुझको
एक चाँद जमीं पर है जो
मुझको बेताब करता है
शायद उपरवाला भी
मुझसे से जलता है
इसीलिए मुझे बार-बार

छलता है छलता है
फिर भी मेरे अंदर वही
प्रेम पलता है पलता है

ऐ चाँद !
उस बेखबर को
तो खबर कर दो जिसके
लिए ये दिल जलता है।।

14)   मौसम बडा नालायक है

मौसम बडा नालायक है
ज़रा रखता नहीं है ख्याल
सोहबत छूट जायेगी जब
महबूबा रूठ जायेगी तब
कैसे गुजरेगी ख्याले रात
जब दूरियां दरमियां होंगी
मीठी मीठी ये जो ठंडक है
तपिस दिलों की जरूरी है
मगर रखता नहीं है ख्याल
ये मौसम बडा नालायक है।।

15) मुहब्बत का खजाना

फ़िजा में आज घुली है
जमाने-भर की आबे-बू
कुछ क्षण गुस्ल कर लूं
प्यार की बारिश में यूं
खुदा की खुदाई आये
मेरे आँचल में चुपके से
मुझे ना ग़म हो किस्मत
मेरे आँचल से रुखसत
बस इक दर्द छाया है
मेरे नाज़ुक जीवन पर
काश नफ़रत को मिटा पाता
अपने मिटने से पहले मै
क्या करूं अब वो पहले सी
बारिश भी तो नहीं होती
जमी हो गर्द दिलों पर यूं
जो अपने आप साफ होती
न किसी को माफ़ करने की
कभी नौबत ना आती थी
वो अल्लाह की दौलत थी
वो ईश्वर का ख़ज़ाना था
कभी ना खत्म होती थी
वो महोब्बत का ख़ज़ाना था
मगर कहते नही बनता

वो महोब्बत का फ़साना था
कर हासिल उस मंजिल को
अब भी तराना प्यार बाकी है
जिस्म तो रोज धुलते है
दिलों का धुलना बाकी है
गुस्ल कर इस क़दर अपने को
फर्क दिलों-जिस्म में हो ना बाकी।।

16) शादी के बाद

आ रहा था एक युवक
हट्टा कट्टा मुस्डण्डा सा
मूछों पर ताव लगाते हुए
पर मूछें उसके नहीं थी
अँगुलियों का दाब
लगाते हुए आ रहा था
मै डॉक्टर था वो मरीज
पर मुझे लग रहा था कि
है वो मेरा कोई करीब
देखा मैने उसे —
ठीक था बिल्कुल वो
मैने कहा –
यहाँ हट्टो कट्टो
का कुछ काम नहीं
सिर्फ मरीजों का काम यहीं
जाओ किसी अखाड़े में
है वहीं तुम्हारी ताकत का दाम सही
उसने कहा —–
मै मरीज नहीं, न ही पहलवान
मै तो सिर्फ तुम्हारा दोस्त हूँ
मै स्याम हूँ मुझे राधा से
कोई शिकायत नहीं
मै शादीशुदा हूँ पर मुझे

कुंवारों से कोई शिकायत नहीं

करवादो ! समझौता उनसे

मैने कहा किनसे

उसने कहा उनसे

जिनकी देखी थी मैने सैंडल

चेहरा देखने से पहले

देखा था हाथ में बेलन

हाथ लगाने से पहले

जबसे हुई है शादी

मै फुट फुट के रोया हूँ

बीबी के बेलन के डर से

दिनरात नहीं मै सोया हूँ

देदो दो-चार नींद की गोलियां

कुछ तो थकान कम हो मेरी

बैलन, सैंडल के भय का भार

कुछ तो कम हो मेरा

मैने कहा —

ले जाओ डिब्बा

जब जब बैलन आये नज़र

डाल मुँह में ये गोली

बेखबर हो सो जाना प्यारे।।

17) तृष्णा

धरा पर ना जल है मन-मीन विकल है

आतुर अतृप्त – सा मानव तन है

तृष्णाओं – सी बढ़ती जाती

तन-तरुवर की छायां लम्बी

धोरों की धरती पर ललनाओं का चलना

पांवों का जलना जीवन को छलना

कितना दुष्कर है जीवन

मीलों पैदल ही चलना

तप्त रेत पांवों का जलना

जल-बिन हाथों का मलना

कैसा जीवन ....?

जहां छलना ही छलना

कैसे मृगमरिचिकाओं से

अपनी गागर को भरना

रेत के सागर को तरना

कैसी विडम्बना है जीवन की

तृषित क्षुधायुक्त मानव को

फिर सूर्य-रश्मियां तप्त-उत्तप्त

जीना और दूभर कर जाती।।

18) कश्तियाँ

कश्तियाँ
किनारे
आती आती
डूब जाती है
उनकी
जिन्हें
मंजिल तक
पहुंचने का
होंसला नहीं
वो सोचते है
कि
मैं किनारे तक
पहुंचूंगा
कि नही
इसी
उधेड़बुन में
वे
अपनी
मंजिल से
भटक जाते है
शायद
इसीलिए
वे

मंजिल तक
नहीं
पहुंच पाते है
और
बीच मझधार
में
डूब जाते हैं।।

19) आशिक और हसीना

जा रही थी एक हसीना
सड़क के चौराहे से
पहने मॉडर्न ड्रेस
अद्खुले अंग की आभा
झलकाते हुए
जब देखा आशिक ने
तो रह गया दंग
पड़ी नज़र उसकी पहले पहल

उसकी छः इंच ऊंची

सैंडिल की एड़ी पर
देखकर ज़रा घबराया

फिर देख उसकी चाल मस्तानी

ज़रा वह मुस्काया

जब मुड़कर देखा आशिक ने
तो शर्म के मारे आँखे
नीची करली बेचारे आशिक ने

कह उठी फट से वो हूँ लड़की है

सुनकर रह गया दंग आशिक बेचारा

ठहरा न वहाँ इक पल भी आशिक

हो गया नो दो ग्यारह बेचारा
अगर आपको भी मिल जाए .....
कोई हसीना तो
आशिक की भूमिका
सैंडलों को देखकर नहीं
चेहरा देखकर निभाइएगा।।

20) ईद की पूर्व संध्या पर

मैंने
ईद की पूर्व
सन्ध्या पर
चाँद को देखा
होले होले मेरे
घर की छत पर
अपनी मद्धिम
रोशनी के
माध्यम से
उतरते हुए
चुपके से
ना जाने
मेरे स्वप्न में
आकर
चला गया
सुबह मेरी
आँख खुली
तो कुछ भी
नज़र नही आया
मैंने बहुत ढूंढा
चाँद को
कहीं भी उसका
पता ना चला

बाद में
तसल्ली से
मैंने सोचा
तो पता चला
ईद का चाँद
मुझको
छलकर
चला गया।।

21) एवान-ए-इश्क

एवान-ए-इश्क कायम करेंगे हम
एतिमाद-ए-शज़र कुर्बत में होंगे।।
रुनुमा होंगी बादे नसीम गाह-गाह
तसव्वुर गुल गुलजार में रकम करते रहेंगे।।
साअत-ए-फ़ुर्क़त खुशखत लिखेंगे
तब्ए शायर जुज तेरे
किसके सामने रखेंगे मुअय्यन जजबे।।.
अजिमतर इजहार फ़ुर्क़त-ए-शिद्दत
जब लादवा महबूस फ़ुर्क़त-ए-इश्क होगा।।
नामावर को देंगे खुशखत सोगवार मासूक
.पुरअसशर हश्र देखकर इब्तिदा इश्क।।
चुप न रहेंगे ममूनी अदब से
कहेंगे तजस्सुस है हमें एवान-ए-इश्क।।
नूर -ए-हुस्न झलके मासूका-ए-खुतूत

जहाँगीरी बादे नसीम खुशबू बिखेरे।।
कायम करेंगे ऐसा एवान -ए-इश्क
.एतिमाद-ए-शज़र कुरबत में होंगे।।

22) शक

क्यों शक हो रहा है मुझे
ऐ खुदा तेरी मौजूदगी का
चिराग-ए-दिल बुझता जाये
शक-ए-तूफान. से
बुझ जायेगा चिराग-ए-दिल
रोका नही शक-ए-तूफान तो
निकालो दिल के अरमां बाहर
वरना यूं ही दबे रह जायेंगे।।
शक-ए-तूफां को कभी
ये ही हवा देंगे सभी
ऐ खुदा तेरी मौजूदगी का
क्यों शक है मुझे।।

23) ये मेरा दिल

ये मेरा दिल भी कभी लाल हुआ करता था
गुल-ए-गुलशन में गुलफ़ाम हुआ करता था

न जाने कब लगा इसको कायनात का धुआं
धुंधला सा गया इसका प्यारा सा कलेवर
मुझे कब से बहम था ये दिल तो अपना ही है
दुनियांवालों ने इतना मजबूर किया इसको
ये न अपना हो सका न पराये को प्यारा
कालिख पुतती जाती है दिनोदिन इसके मुख
बस मुझे इसी बात का है कई दिनों से दुःख
दिल मेरा हुआ है मैला जैसे किसी ओर का
ना हो इस तरह कि दिल आँखें देख न पाऐं
अंधा तो अंधा होता है मेरे प्यारों मगर ये दिल
देखकर भी आज अनजान बनने जा रहा है
देखो ये कैसा दौर आ रहा है जो जमाने को
जीते-जी अजगर की तरह खा रहा है
इन्सान मर-मर कर ही तो जी पा रहा है
ये मेरा दिल ज़हर के घूंट पीये जा रहा है
ना जाने कब आख़िरी मंजिल आये इसकी
बड़ी बेसब्री से इंतजार किये जा रहा है।।

24) डार्लिंग

डार्लिंग इससे तो हम
कुंवारे ही अच्छे थे
कम से कम तुम्हें
देखकर आहे तो
भर लिया करते थे
जब से तुम्हे
बाहों में भरा है
न जाने
मिली है मुझे
कौन सी सजा है
क्या शादीशुदा
जिंदगी का
यही मजा है
न जाने
मिल रही मुझे
किस जुल्म
की सजा है
क्या किसी को
देखना भी
गुनाह है।।

25)　कितने रोज

कितने रोज तरसे हम
आज बड़े इंतजार
के बाद बरसे तुम
तुम भी
किसी के साजन की
तरह
नखरे दिखलाते हो
पहले तरसाते हो
फिर बरसते हो
कम से कम
बरसा तो पूरा करो
आजकल के साजन की
तरह
तरसता तो मत छोड़ो
बरसो तो ऐसा बरसो
शीतल हो धरती का हिया
बरसो तो ऐसा बरसो
शीतल हो पिया का जिया
ऐसे मत तरसाओ
बरसो तो पूरा बरसो
ना मन तरसे
ना तन तरसे
धरती का हिया सरसे

जब तुम बरसो साजन
कम से कम हिया
तो ना तरसे
बहुत तरसाते हो
और फिर
अचानक बरसते हो
ऐसा क्यों करते हो।।

26) गोरड़ी सावण्यों आयो

गोरड़ी सावण्यों आयो
प्रीत रे सुगणा ने लेन
इब तो आजा गोरड़ी
आवण लाग्यो मेह
क्यूं तरसावे हिवड़े ने तूं
जळ-जळ होसी राख़
कोयलड़ी आ बोले मीठी
पण थां बिन लागे खारी

जद-जद आ बोले है वाणी
कान फाटे
अर
आंख्या में आवे पाणी
बीजळी चमके है इसड़ी
जण आग लगावे पाणी
थां बिन कियां कटसी राणी
सावणियां री तीज
रुपाळी गणगौर गयी
गयी आखा री तीज
इब तो आजा गोरड़ी
जावण लाग्यो जीह
गोरड़ी सावण्यों आयो
प्रीत रे सुगणा ने लेन।।

27) हम निम्न क्यों?

हम निम्न इसलिए हैं क्योंकि
हमनें सीखा है अपने प्रति
अपराध करने वाले को
क्षमा करना ....
अशपृश्य समझने वाले को
उच्च समझ गुलामी कर
उसकी गुस्ताखी माफ़ की
हमनें सीखा है अपनों को
उन्नति पथ से नीचे गिराना
हम निम्न इसलिए हैं क्योंकि
हमने सीखा है आपस में लड़ना
परिणाम को सोचे बिना गैरों के
खेमें में जा मिलना ....
पिला के मय हमको वो
राज सारे उगलवाते ..फिर
फैंक देते है .....चूसे हुए
गन्ने की तरह.. हमको
जब तलक होंश आता
लुटा सब कुछ देते हम
इसीलिए कहा था बाबा ने
कभी.. मुझे अपनों से है डर
गैरों की तो.. कोई बात नहीं
ज़रा सोचे जहन में हम भी

हम निम्न क्यों हैं?

28) लोग कहते हैं

लोग कहते हैं कि आप बहुत
बड़ी-बड़ी कविताऐ लिखते है
हम पढ़ते-पढ़ते थक जाते हैं
जम्हाई आने लगती है
मैंने कहा भइया...बीबी उवाच
प्रवचन सुनते हो सिर धुनते हो
और जब लोग देखते है तो
कहते हो ज़रा इज्जत का तो
ख्याल करो लोग देख रहे हैं
आपस की बात है रात
अकेले में कसर पूरी कर लेना
जमकर मुझ पर बरस लेना
प्लीज अभी तो इज्जत का
कचरा ना करो।
तब जम्हाई का कहीं दूर-दूर
तक वास्ता नहीं होता क्योंकि
इसके सिवा हमारे पास कोई
दूसरा रास्ता भी तो नहीं होता।।

29) फ्रेंडशिप डे

हम समझते हैं
मित्रता केवल हमउम्र
लोगों से ही हुआ करती है
कतई नहीं -मित्रता छोटे-बडे
अमीर-गरीब का भेद नहीं जानती

न ही मजहब जाति धर्म उम्र लिंग
का भेद करती है मित्रता मित्रता है
दो दिलों को जोड़ती है
एक मीठा बन्धन है मित्रता
जो अपने तो अपने परायों को
भी अपना बना लेती है मित्रता
मीत जो चाहे मनमीत हो
गैरों को भी
अपना लेती है मित्रता
सभी रिश्ते समा जाते है
मित्रता में माँ पिता भाई
बहिन सभी मित्र होते है
अपने जब हम बराबर
से लगते है उम्र की एक
दहलीज पर पिता भी
पुत्र का मित्र होता है
व्यापक अर्थ है मित्रता

इसे संकीर्णता में न घेरे
फ्रेंड कोई भी हो सकता है
महज दिल मिलना चाहिए
महज दिल मिलना चाहिए।।

30) ये मूरत

ये मूरत तेरी
दिल में उतर
आई है
तेरी सूरत पे
लिखा जो .. मेरा नाम
दिखलाई
नहीं देता
आँखों से
दिल की नज़र
से झांके दिल में
ऐसी नज़र हो
हर दिल में तभी
दिखलाई देगी दिल से
दिलबर की तस्वीर
तुमको वरना आज
धोखा तो अपने आप को
भी देत आये हैं लोग।।

31) तेरी ख्वाहिश

क्या कहूं एक तेरी ख्वाहिश

है कि मिटती ही नहीं

जितना करता हूं तेरा दीदार

उतना ही खाली होता जाता हूं

तेरे साथ भरी भरी ये जिंदगी

सुकून से जीने को कहती है

दूसरी ओर मौत मुझसे

नजदीकियां

कायम करने को आमादा है

अब बता जिंदगी से हार जाऊं

या

मौत की जंग में जीतकर आऊं

फैसला करना है अब तुमको

अब

गले मौत को लगाऊं या तुमको।।

32) निशा आती है

निशा आती है दिनभर की थकान के बाद
अँधेरा धीरे धीरे घना होता जाता है पर
फिर भी थके हारे श्रमिक के मन को भाती है
क्योकि वह दिनभर की थकान को भुला देता है
और सपनो में खो जाता है
एक सुनहरी नींद के सहारे
उसे रात्रि की कालिमा नज़र नही आती
वरन एक सुखद अहसास के साथ
चन्द्रमा की शीतल चांदनी और अपने सुखद
भविष्य की तस्वीर नज़र आती है
रात का अँधेरा उन्हीं के लिए अँधेरा है
जो श्रमहीन है और निठल्ले बैठकर
दिन व्यतीत करते है
जिनके लिए सवेरा भी कोई मायने नही रखता
क्योंकि वह दीनहीन
सवेरे का मतलब ही नही जानते।
निशा एक दिशा देती है आदमी के विचारों को और
एक नवीन स्फूर्ति से भरकर सवेरे उठने की पूर्व तैयारी।
निशा में दिवस की आशा छिपी रहती है
जो रोज हमें कहती है कि
रात्रि के बाद सुबह जरूर होती है।।

33) मिट्टी के घरोंदे सा

मिट्टी के घरोंदे सा हमारा दिल है
जरा सी ठेस लगते ही टूट जाता है
मकां तो फिर भी बना लिए जाते हैं
टूटा हुआ दिल फिर बनाने से नहीं बनता है
इस दिल को सम्भालकर रखो
ये कहीँ फिसल ना जाये ...
फर्स पक्का हो किसी के ह्रदय का
तो टूटने का डर है ...
दिल लगाओ उसी से
जिसके ह्रदय का आँगन
बालू रेत से बना हो ताकि
गिर कर भी सम्भल जाये ..
दिल फिसले तो भी
साबुत नजर आये ...
कोई खरोंच उसपे ना आये ...
दिल अपना अपना ही होकर रहें।।

34) आग्रह

ऐ यार !
मायूस हो चला हूँ मै
एक सूखे पेड़ की तरह
अरे ! सूखे पेड़ में भी
मौसम-ए-बहार आती है
फिर मुझे ही क्यो?
वियोग में छोड़ा अकेला
आओ हमें भी पिलादो
इन मदभरी
आँखों से ज़रा
मिलन करो हमसे
हमें भी हरा-भरा
जीवन जीने की
राह दिखाओ ना।।

35) आईना हक़ीक़त नहीं होता

आईना हकीकत नही होता
आईने पर धूल जमी हो तो
आईने में भी सूरत साफ
नजर नहीं आती

हम इस बहम में रहते है कि
हम अकेले नही है
कहने को तो सदैव परछाई
हमारे साथ चलती है मगर
अंधेरों में वह भी हमारा
साथ छोड़ देती है
हमें यह धोखा और मलाल
ही रहता है कि काश हम
यह पहले ही जान लेते कि
आईना हकीकत नही होता और
परछाई कभी किसी का साथ नहीं देती।
कहने को तो औरत आदमी की परछाई
होती है मगर एक दिन ऐनवक्त वह भी
उसका हाथ ही नहीं छोड़ती वरन साथ
भी छोड़ देती है।।

36) दिल

दिल उलझा उलझा
रहता है उनकी जुल्फों
या फिर उनके ख्यालों में
उलझा उलझा रहता
रात-दिन पयमानो में
डूबा-डूबा रहता है
हम सोचते हैं उनका दिल
हमारे करीब होता है
क्या दोस्ती उनसे जो
दिल से बहुत गरीब
केवल दौलत से
अमीर होतें है
दोस्त दोस्त होते हैं
क्या वो भी हसीन
होते हैं
दिल तो दिल होता है
दिल के दिलबर ही
करीब होतें हैं
उलझा उलझा दिल
किस काम का
वो तो मुहब्बत के लिए
बेकाम होता है
बार-बार परेशान होता

और करता है
ऐसा भी दिल किस काम का
जो दिलबर को
बार बार परेशान करता है
दिल उलझे इकबार तो
फिर सुलझाये ना सुलझे
दिल तो आखिर दिल होता है
तभी तो उसे किसी से
प्यार होता है।।

37) रहस्य

सुबह
कितनी ताजा
हवा आती है
शैशवावस्था
की मुस्कान
की तरह
दोपहर
के गर्म थपेड़े
झुलसाने वाली लू
जवानी की बेपरवा
गर्मजोशी, अल्हड़पन
सन्ध्या, थकान, विश्रांति
की शून्य अवस्था

वार्धक्य की याद
ताजा कर जाती है
फिर भी इंसान
इस जीवन की
कीमत
न समझकर
अपने ही साथ
छलावा क्यों करता है
यह दिन उगते सूरज
के साथ चलता है
फिर ढलते सूरज
के साथ थम जाता है
फिर भी इंसान
इस रहस्य को
क्यों नहीं
समझ पाता है।।

38) असमंजस

बीज रूप में आया मैं था
कुछ विकसित हो दुनियां देखी
आँखे खोली अनजाने में
बचपन बीता हंसने रोने में
आया लड़कपन का दौर दूसरा
असमंजस में डाला था मुझको
निर्णय नहीं ले पाता मैं था
क्या करना क्या नही करना
आया दौर जवानी का अब
कुछ करता मैं हूँ कुछ
करवाते वो है
होना वही है जो विधि को मान्य
हो मानव मन मैं चाहे जो काम्य।।

39) मालिक की सौगात

अल्फ़ाज
नहीं है
ये मेरे
उस मालिक
की शौगात है
ये
मैं तो केवल
इक जरिया हूँ

वो इश्क महोबत
का दरिया है
जर्रा-जर्रा
जिससे रोशन है
उसकी क्या
तारीफ करुं
मैं इस काबिल
कब हो पाया
जो तेरी कुछ
तारीफ करूं
जिस जिस्म
के अंदर
रहती रूह
उस रूह पर
तेरा ही साया
गर इन्सां के
समझ में आ जाये
ये रूह के
रुखसत
होने से पहले
तो जीते जी
तर जाये वो
बिन नाव के
भव- दरिया को वो।।

40) पहचान

पहचान छुपाकर
पहचान बढ़ाना
चाहते हो
ये कैसी दोस्ती
का हाथ बढ़ाना
चाहते हो
बड़ा नाजुक
रिश्ता होता है दोस्ती का
क्या यूं ही गंवाना चाहते हो
प्रिय ! दोस्ती में
दिल खोल के
रख देते हैं दोस्त
तुम पहचान
छुपाये रखते हो।।
क्या दोस्ती में कभी
खाया है धोखा मेरी तरह
जो छुप-छुप के
रोया करते हो।।
ऐ दोस्त !मत डूबो
गमगिनियों में यूं कि
जमाना हमको भूले
अब भी खत्म नहीं
हुआ है सब कुछ

जीवन बाकी है।।
इस बेदर्द जमाने में
पहचान बनानी है हमें
पहचान छुपानी नहीं।।
दोस्ती का हाथ बढ़ाते हो तो
दिल की गहराइयों को समझो
पहचान छुपाकर नहीं
पहचान बताकर
हाथ बढ़ाओ दोस्ती का।।

41) क्षणिका

समझ नहीं आता
जिंदगी इतनी जिद
क्यूँ करती है
जीने के तमाम
रास्ते रोककर
जीने की कसम
देती है।।
आदमी
लिखता है
और
लिखकर उसे
बेचना
चाहता है
क्या
वास्तव में
वह
उसकी
सही
कीमत
पाता है।।

42) पवित्रता मन में बसी होनी चाहिए

पवित्रता मन में
बसी होनी चाहिए
केवल लोगों को
दिखाने के लिए नही
प्यार जिसे भी करो
चाहे भगवान से
महज
दिखावे के लिए नहीं
जो भी करो
पूरे मन से करो
केवल रिश्ते
निभाने के लिए नहीं।।

43) भाव भाषा का

.भाव भाषा का समझते हैं हम तभी
जब माँ की तरह प्यारी हो मातृभाषा
मात प्यारी है तात् जिस तरह हमारी
प्यारी हो मातृभाषा भी हमें हमारी
निज भाषा का गौरव होना चाहिए
वरना यह संसार रौरव से कम नहीं
हिंदी में बिंदी का उतना ही महत्त्व है
जितना नारी के माथे की बिंदी का है
बन्धन तोड़े टूटे नहीं राखी का कभी
ऐसा बन्धन हो हिन्द- हिंदी का कभी
मात्र मातृभाषा दिवस मनाना ही नहीं
आचरण में उतारना भी जरूरी है
पता नहीं क्या हमारी मजबूरी है
मातृभाषा राजभाषा में क्यों दूरी है
तुलसी ने जिसे बनाया आम-भाषा
बन न पायी आज राज-काज भाषा
सोचो आज विचारणीय प्रश्न है ये
रोज आते और जाते रहे हैं दिवस ये।।

44) नोकरी वाळो

बण्यों नोकरी वाळो छुटको
बडे ने ऐसो खटक्यो
टाबर टोळी उण रा पहरे

सूटबूट अर टाईयां
म्हारे टाबरियाँ न कोनी
छींट छांट का गाबा
छुटके री घरवाली पहरे
सिल्क रेशमी साड़ी
म्हारी घरवाली ने कोनी
चूनड़ राजस्थानी
हूँ मेहनत मजदूरी कर
टाबरियाँ न पाळु
जद देखूँ छुटके रा टाबर
मम डेड यूं बोले
म्हारा टाबर अजू बोले है
माँ - बाप री बाणी
म्हारे मनडे में आवे है
पढस्यूं टाबरियाँ ने मैं भी
बणेगा बै भी एक दिन
अफसर छुटके री भाँति
बांका टाबर-टोळी भी
ग्रांड-फ़ा जद कहसी
बण्यों नोकरी वाळो छुटको
बडे न ऐसो खटक्यो।।

45) दर्दे निहा

दर्दे निहा उठता है दिल से

परवाजे म्यूर तू उनको बता

वजहे इताब बतादो शफ़ीक

पैगामें -बका देने वाले।।

तरब-फ़जा शजर बादेनसीम

खिजां. का क्यों खटका है खदीन .

आयेंगी दिलकश बहारे यूँ ही

लेलो -नहार ...जब होंगी फाम।।

. .क्यों मौजे ग़म को बुलाते हो

वजहे -इताब बतादो शफीक।।

तजादे-जिंदगी अब तो छोड़ो

चन्द नफ़स ही बाकी है।।

तारीक रात पासवां जब होंगी

.बिस्मिल मुर्गे -जां उड़ जायेंगे।।

.....दर्दनिहा उठता है दिल से

परवाजें म्यूर ...तू उनको बता।।...

....बजहे इताब बतादो शफीक

पैगामे बका देने वाले।।...

....वजूज कल्बे सोजां और भी कुछ दोगे...

...फ़जल करके मय -रूह-अफजा पिलादो।।.

दर्दे निहा उठता है दिल से

परवाजे म्यूर तू उनको बता।

...वजहे इताब बतादो शफीक

पैगामे बका देने वाले।।
वजहे इताब बतादो शफीक।।

46) काश ये बात होती

कल उनसे हमारी मुलाकात होती
मन से मन की कोई बात होती
काश आज की ये रात
कल की सुहानी शुरुआत होती
काश उनसे यूँ ही मुलाकात होती
प्यार में प्यार से प्यार की बात होती

हर जन्म में यूँ ही मिलते रहेंगे और
न जाने क्या-क्या बात होती काश
हमारी तुम्हारी ये पहली मुलाकात होती
काश लोगों के लिए यह तेरी-मेरी मुहब्बत
जमाने की सबसे अनोखी बात होती
यदि कल की वो रात हमारी तुम्हारी
शादी की पहली सुहागरात होती
काश ये भी ना होता तो हमारी तुम्हारी
कुछ ऐसी बात होती जो किसी
सुहागरात की रात से भी रंगीन
वही रात होती और
सुबह की एक अच्छी सुरुआत होती
काश उनसे वह पहली मुलाकात होती।।

47) कवि तेरी क्या कामना

कवि तेरी क्या कामना

हुआ जो आमना-सामना

देखा उसने हमें इस तरहा

जैसे हो सामने बालमा

कवि .. ..सामना।

पहले-पहल नजरें मिलाई,

फिर उसने पलकें गिराई।

धीरे-धीरे यूँ मुस्काई

, जैसे कोई नव- कली।

कवि....... ...सामना।

हाथों से अपना चेहरा छुपाया,

फिर गले से हमने यूँ लगाया।

सवेरा जब हुआ..लिपटे थे बाँहों में

फिर दर्द को मेरे .हमदर्द ने अपनाया।

कवि.... --------------.सामना।।

48) मिट्टी के घरोंदे सा

मिट्टी के घरोंदे सा हमारा दिल है
जरा सी ठेस लगते ही टूट जाता है।
मकां तो फिर भी बना लिए जाते हैं
टूटा हुआ दिल
फिर बनाने से नहीं बनता है।
इस दिल को सम्भालकर रखो
ये कहीं फिसल ना जाये ...

फर्स पक्का हो किसी के ह्रदय का
तो टूटने का डर है ...
दिल लगाओ उसी से
जिसके ह्रदय का आँगन
बालू रेत से बना हो ताकि
गिर कर भी सम्भलजाये ..
दिल फिसले तो भी
साबुत नजर आये ...
कोई खरोंच उसपे ना आये ...
दिल अपना अपना ही होकर रहें।।

49) बचपन

गांव बचपन का भला या
गांव का बचपन भला
कौन जाने कब -कब
किस ने किसको
नहीं छला
खेलते थे जब उछलकर
पेड़ की डाली से हम
बन्दरों को भी दे जाते थे
मात जब कूदे डाली से हम
चहचहाते थे हम सब
चिड़ियों के बच्चों से हम
एक कोलाहल सा मचा
होता था पूरे गांव में
डर का, ना था, कोई ठिकाना
ना दिल में, ना मेरे पांव में
साथियों से पाकर सह और
बढ़ जाती थी मेरी उमंग
तंग आ जाते थे घर और
घर के बाहर वाले सब
लौट आते तो आखिर
आ जाते उनकी जां में दम
बचपन में हम भी नही थे
शायद किसी से कम

कहकहा लगा के हंसते
चहचहाते भी थे हम
आज फिर याद आ गया
मुझको मेरा पराया सा बचपन
भूल ना पायेंगे चाहे हों ले
अब पचपन के हम।।

50) दुनियां हमसे जलने लगी है

ख्वाहिशें अब दिल में पलने लगी है
दुनियां अब हमसे जलने लगी है
अब तुम मेरी पनाह में रहने लगी है
दुनियां इसको गुनाह कहने लगी है
अब दिल की धड़कन सहने लगी है
हम ना होंगे जुदा यह कहने लगी है
दिल से दिल को मैसेज देने लगी है
जिस्म जुदा जां इक होने लगी है
रिश्ता वाईफाई सा जुड़ने लगा है
कोडो की भाषा दिल कहने लगा है
आँखों से आंसू जो बहने लगा है
ये दिल अब स्वस्थ रहने लगा है
तेरे प्यार में ये कहने लगा है
तेरे दिल की धड़कन मेरी जां है
तूं दिल से कह दे मेरी भी हां है
दुनियां जलती है जलती रहेगी

प्यार की दुनियां यूं चलती रहेगी।।

51) मत रखना रूह को रहन

मत रखना रूह को किसी के प्यार में रहन

सुन ले तूं दिल की लगी कैसे दिल में अगन

महबूब जो कहता रहा दिल की लगी लगन

दिल से ना करना दिल्लगी बुरा है ये चलन

मत रखना रूह को किसी के प्यार में रहन

मरना तो है इक दिन जीने से पहले ना मर

ना हो मजबूर यूं किसी के प्यार में सनम

अपना ही दिल मजबूर क्यूं प्यार में सनम

दिल को दिलबर ही तो प्यारा है सनम

हर जन्म के बाद हो दिलबर का जनम

ख्वाहिस मत रख दिल में अपने दिलबर

मत रखना रूह को किसी के प्यार में रहन।।

52) रह रह के आती है उनकी याद

इसे ग़मे उल्फ़त कहूँ या
जिंदगी का अफ़साना
रह रह के आती है उनकी
याद कसम से जाना
कभी हकीकत भी लगती थी
मेरी उनको अफ़साना
खैर कोई बात नही
इश्क अगर करना
जानता ऊपरवाला
तो मेरी गुजारिश उससे है
आ के ज़मीन पर
उनको समझा जाये
यूँ मुहब्बत का मज़ाक़
नहीं बनाया करते।।

53) आज महिला दिवस है

वाह क्या बात है आज महिला दिवस है
छद्महस्त नारी का सदा पुरुष पर है
नारी सदा पुरुष मन पर अजर-अमर है
रोज ही नारी का पुरुष पर वर्चस्व है
आज नारी दिवस, आज महिला दिवस है
महिमामंडन महिला मंडल परम् सबल है
कल की अबला आज देखो सबल है
नहीं विकल आज परुष पुरुष विफल है
आज महिला- दिवस कितना सफल है
आकुल व्याकुल मन कितना विकल है
हर साल मनाया हैप्पी वुमेन्स डे फिर
फिर-फिर भुलाया दिवस मनाकर फिर
आता जाता त्यौहार की भांति कल फिर
भेद फिर नर-नारी का अजर अमर है
पुरुष परुष नारी संग कितना सरल है
निकल गंगा हिय-हिमालय चाहे प्रस्तर है
रखता हृदय बिच उसको अपने चाहे उसे
कहे जनाना पुरुष तो पत्थर दिल है
ना जाने कब आये वह दिन जिस दिन
कहे जमाना आज तो पुरुष दिवस है
मातृ शक्ति नमन सृष्टि को करे चमन
नमन नमन आज महिला दिवस है।।

54) हम दिल के मरीज

हम दिल के मरीज़ भी कितने अजीब हैं
कहते हैं अपनी बहाना गैरों का करते हैं
चश्मदीद वो अपना नहीं जानते हम हैं
उसे ख़ुदा कहें या ईश्वर रहबर अपना है
काश दोज़ख-जन्नत अलग नहीं होते
फिर शायद हम तुम जुदा ना होते
हम डरते रहे तारीक-ए-रात में यूं ही
पता चला ख़्वाब से चले गये यूँ ही
बड़े कमज़ोर दिल हम है चाहत क्या
तेरी आहट से भला डरे हम क्या
साया हो जैसे ख़्वाब की हकीकत
हम कमज़ोर दिल कहीं मर ना जायें
रखना ख़्याल हम दिल के मरीज़ हैं
डरते दम से हम दिल के मरीज़ हैं।।

55) होली के पावन पर्व पर

होली के पावन पर्व पर
मनभेद मतभेद मिटाकर
मेरे सभी मित्रों के लिए
मुँह मीठा कीजिए और
दिल में मधुर कल्पना
करते रहिए सुबह तक
रंगो में सराबोर होने से
पहले आस्वादन कीजिए
मेरी तरफ से सुस्वादु
मिठाई का और तन मन
जुबान को मीठा बनाइए
इस होली के पावन पर्व पर
सभी को शुभकामनाऐ।।

56) अपने ही रंग में

कुछ खास लोग जो
अपनी भावनाओं का इजहार
बेहतर तरीके से करते है
एक अच्छे मुकाम को हासिल करते हैं।।
होली के रंग में
साजन के संग में
डूबी जो सजनी
साजन संग
कान्हा के
पवित्र प्रेम
प्रसंग में
राधा लाख
मना करती है
कान्हा को कि
तूं मत रंग मोको
अपने ही रंग में
क्योकि इनकार
इकरार की पहली
अवस्था है।।

57) बादल का गर्जन

बादल का गर्जन
भौरों का गुंजन
इक कसक जगाता है
दिल सहम जाता है
बादल के गर्जन से
बदन नम है वर्षण से
दिल में जगाता अगन है
भँवरा फूलों पर मंडराता है
महक दिलों में जगाता है
दिल कभी महक जाता है
तो कभी बहक जाता है
बादल का गर्जन
भौरों का गुंजन
इक कसक जगाता है।

58) टप टप पानी

टप टप पानी बह रहा है
न जाने ये क्या कह रहा है
कहीं वियोगिनी की आँखों से
कहीं बादल की बाहों से न जाने
टप टप ये क्यूं बह रहा है
प्रियतम की प्रियतमा से
संकेतो ही संकेतो में न
जाने यह क्या कह रहा है
दिल में इक झरना सा
बह रहा है बह रहा है
न जाने दिल को क्या
कह रहा है कह रहा है
टप टप जो ये पानी बह रहा है।

59) पति एकता जिंदाबाद

रविवार का दिन था
पीड़ित-प्रताड़ित-पति
जुलूस के साथ नारे लगा
रहे थे
पति एकता जिंदाबाद
पति एकता जिंदाबाद
इतने में पत्नियों का हुजूम
आया ....मै जोर जोर से
नारे लगा रहा था
पति एकता जिंदाबाद
जिन्दा...............
पीछे देखा तो सभी
पति नदारद .....मै अकेला
पत्नी को देखा तो
सती-पति की याद आयी
बोलने लगा ....
सती एकता जिंदाबाद-2
पत्नी शेर की तरह गुर्राई
और घर को चली गयी।।

60) मुझे जुकाम था

मेरी आँखों से लगातार
आँसू बहे जा रहे थे
मैं अपने आँसू पोंछता
पोंछता थक गया था
मैं जार जार रो रहा था
न जाने मुझे क्या हो रहा था
मैं आँसुओ का बोझ ढो रहा था
उम्मीद थी
कोई आ के मेरे आँसू पोंछे
मगर कोई
आँसू पोंछने वाला नहीं था
मेरी हालत पे
मुझे तरस आ रहा था
डर से कोई
मेरे पास नहीं आ रहा था
आँख के साथ साथ
नाक भी मेरा बह रहा था
क्योंकि
मुझे बडा तेज जुकाम था।।

61)   नमन उस नदीश को

नमन उस नदीश को
जिसने झेला नदियों के वेग को
नमन उस नदीश को
जिसने झेला विष शेष अशेष का
नमन उस नदीश को
जिसने झेला वेग हृदय आवेश का
नमन उस नदीश को
जिसने झेला आवेग उमड़ते प्रेम का
विष सहता घुट घुट अंतरमन में
प्रस्फुटित ना करता
हो ना विरोध फिर अनेक में
सोच रहता धीर गम्भीर
नमन उस धैर्यशील नदीश को
जिसने कब जाना कब माना
किसको अपना और पराया
धीरज धर सहता आया
नदियों के आवेश को
नदियों ने माना जिसको अपना
क्या ग़म उसका पहचाना
हृदय पटल को दोलती सब
स्वार्थ को सब जाना
कब नदियों ने सागर को अपना माना
सुख चाहती मन का मैला ढोती

सागर को तब अपनाती
सागर ने कब मिलने से
तुम को रोका
हर हाल में है सागर विशाल है
हृदय उसका विशाल
कब सागर ने स्वार्थ सोच
नदियों को है अपनाया
कब भेद किया उसने
संग गंगा-जमना को है अपनाया
नमन उस नदीश को जिसने
सह सब सबको अपनाया
नमन उस नदीश को
नमन उस नदीश को।।

62) आईना जब झूठ बोलता है

आईना जब झूठ बोलता है
मुस्कुराता हुआ चेहरा
दिल मजबूर बोलता है
तस्वीर दिखती जो आईने में
कुछ और
हाल-ए-दिल कुछ और कहते हैं
आईना कभी झूठ नहीं बोलता
आजकल पारदर्शिता दिखाने को है
महज कहने को है पारदर्शी मगर

दिल के दरवाज़े पर गहन अंधकार है
तम की डोर को थामे दो दिल
दो छोर से पकड़े हैं महज
दिल को कुंठित दिल अपारदर्शी सा है
सघन-तम में दिल के जज़्बात
कौन सुनना चाहता है
आईना आजकल
सच्च की तस्वीर कब दिखा पाता है
जब आईना देखनेवाले दिल
आईने को ख़ुद मैला किये देते हैं
कभी झूठ आईना दिखलाता था
आज आईना
ख़ुद को ना सम्भाल पाया है

शायद कल
यह उक्ति भी विश्वास योग्य ना रहे
कि आईना कभी झूठ नहीं बोलता
आईना जब झूठ बोलता है
आईना जब झूठ बोलता है।।

63) तेरी मुस्कुराहट

प्रेम सागर उथला है
थाह कभी आती नहीं।
इक बार डूबने से
चाह कभी जाती नहीं।।
बहुत प्यारी तेरी मुस्कुराहट
दिल को छू जाती है
ये आँखें शरबती चुपके
से पिला जाती है
दिल में हलचल
मचा देती है
इक कसक सी
छोड़ जाती है
अनजानी चाह
रह जाती है दिल में
दिल तुम्हारे पास ही
रहता है
जिस्मों में दूरी हो
चाहे बहुत
पर दिल
करीब रहता है
मुस्कुराती रहो तुम सदा
मेरी ख़ुशी इसी में है
देखना चाहता हूँ मै तुम्हे

मुस्कुराती रहो हमेशा।।

64) मेरे जीवन साथी

मेरे जीवन साथी
छुपाकर चाँद सा
मुखड़ा क्यों
मुझसे
शर्माती हो
पलकें नीची झुकाके
क्यों अपना छुपा
प्यार दर्शाती हो

उठाओ इन नैनों को
मेरी ऑर
प्यार से
ताकि
मै तुम्हारा
और
तुम मेरी
हो जाओ।।

65) बीता हुआ समय

बीता हुआ समय
लौटकर नहीं आता
उसकी क़ीमत
आंकना
बड़ा मुश्किल
होता है
लेकिन हम
लौटकर
फिर-फिर
आते रहेंगे
तुम्हारी
जिंदगी में यूं
एक ख्वाब
की तरह
जो सोने ना देंगे
तुमको रात दिन
हमारे ही ख्याल
तुमको जगायेंगे
यूँ रात में सितारों
की तरह
और
दिन में तपायेंगे
सूरज की तरह

ऐ प्रियतम समझो
वक्त को ये दुबारा
लौटकर न आयेगा
ये समय जो
हमारा तुम्हारा
फिर लौटकर
ना आयेगा।।

66) मैं वो शायर नहीं

मैं वो शायर नहीं हूँ दोस्तों
जो अपने ग़म को
सीने में छुपा कर
शायरी में बयां करता है
दफ़न मुहब्बत कर
दुनियां से बयां करता है
करता नहीं मुहब्बत
मुहब्बत का दम भरत है
जीवन
दुखों का बना कर दरिया
सफ़र
उस दरिया में करता है।।

67) आँख के आंसू ने बरसात की बूँद से कहा

आँख के आंसू ने
बरसात की बूँद से पूछा
किस तरह इतनी ऊंचाई से
गिरकर ....भी
तुम शीतल रहती हो
क्या तुन्हें गिरने का
जरा भी दुःख नहीं
बरसात की बूँद ने कहा
ऊंचाई से गिरने का
मुझे ....ग़म नहीं
दुःख तो तब होता है जब
किसी की आँख से गिरु
मुझे ग़म नहीं है कि मुझे
ऊपर से गिराया गया
मुझे तो गिरते वक्त भी
किसी ने अपने
आँचल में छुपाया है
मुझे तो अब भी शुकुन है
इसीलिए मैं शीतल हूँ।।

68) वार्धक्य का प्रेम

वार्धक्य में ज्यादातर लोग
दुखी होते हैं क्यों?
उम्र ना देखो दोस्तों मेरी
मेरा ज़िगर तो देखो
ग़म झेलता है किस क़दर
इसका फिगर ना देखो
क्या उम्र रोकती है
प्यार करने से तुम्हें
सरासर झूठ बोलते तुम
फिर टुकर टुकर क्यों देखते हो
नजर बचाकर क्यों
वासना को तुम
इस क़दर पेलते हो
दुःख झेलते हो
चुपचाप अकेले
अपनी जिंदगी को
यूं ठेलते हो
यारों ये दिल
कभी बुढ्ढा नहीं होता है
ये कहावत यूँ ही नहीं बनी है
कौन कहता है कि
बुढ्ढे इश्क नहीं करते
बस थोड़ा डरते हैं

मन ही मन किसी पे यूं ही
नहीं मरते
उम्र के साथ रूपबदल जाता है
तो प्रेम का स्वरूप बदल जाता है
वार्धक्य से लोग डरते हैं क्योंकि
वह निश्छलप्रेम नहीं करते हैं
प्रेम अशरीरी करो तुम
फिर देखो मज़ा कि
कितने तुम्हें दिल से
प्यार करते हैं।।

69) भूकम्प

लातूर का जब भूकम्प आया
लोगों ने बहुत पूछा.........पर
भूकम्प का कारण किसी ने
ना बताया ......
अब नेपाल का भूकम्प आया
कई शोध हुए ....
भूकम्प का पता लगाने वास्ते
^^^^^^—+++***×××^^^
आखिर एक आदमी नींद से

जागा और मेरे पास आकर
धीरे -धीरे बोला ......मैने
भूकम्प के कारण का पता
लगा लिया है ....
जब औरतें अपना घर छोड़कर
दर-दर डोलती है तभी भूकम्प
आता है ...^^^धरती बेचारी
अंबैलेंस हो जाती है।
विश्वास नहीं होता तो
जीती जागती
तस्वीर देख लीजिए।।

70) कैसी ख़ामोशी

मैं खामोश हूं,
पर जुबां बोलती है
जुबां जो कहती है,
वह मन की आवाज नहीं है
जुबां खामोश ह तो
आँखें बात करती है
खामोश रहकर भी
हम दिल की बात कहते हैं।
फिर कैसी ख़ामोशी ! कैसी चुप्पी?
मैं न बोलकर भी बोलता हूं
न कहकर भी सब कह जाता हूं
फिर क्यों मुझे?
ख़ामोशी का इल्ज़ाम दिया
क्या ख़ामोशी में कुछ नहीं छुपा?
छुपा है ग़मों का राज मगर
चेहरा इंकार करता है
फिर किस तरह मैं खामोश हूं।।

71) प्रिया

प्रिया चली गयी, कहां गई?
क्यों चौंकता है तूं?
हां यहीं है
खोल कमल नयनों को तूं और देख
एक चाहने वाली तुम्हें सिर्फ है यहीं

फिर क्यूं दूर भागता है,
क्यूं रोने का राग आलापता है
यह प्यार करेगी जी-जान से
दुलार करेगी क्रोड में अपनी सुला
कभी बेवफ़ाई तुमसे ना करेगी
यह वफ़ा का बदला वफ़ा से देगी
आयेगी तुम्हारे पास सबको भुला
आँचल में तुम्हें छिपाने हर शाम यूं ही
प्रिया गयी नहीं यहीं है
तुम्हारे इंतजार में हर क्षण हर पल।।

72) मकां-मकां -मालिक

वादों और इरादों में रखा है क्या
वादे सदा झूठे वादे निभाता है क्या
वादे- इरादे पल में बदल जाते है
कल क्या पल इन वादों का क्या
बातें लगती है दिलकश तुम्हें क्या

छुपाती हो मुझसे इश्क ओर क्या
आँखों में छायी है तुम्हारे खुमारी
आज भी लगती हो कन्या-कुमारी
दिल सजदा करता है क्या मुझको
दिल ढूंढ़ता दिल से क्या मुझको
ख़ुद ख़ुदा उतर आये जमीं पे कहे
चल मेरे साथ नन्दन-वन में रहें
मैं कहूं नहीं चाहिए स्वर्ग-अपवर्ग
धरा पे है स्वर्ग कैसे उसको तजदूं
ले लो मेरा सलाम कहो तो सजदा
तुम्हारे इजलास में कलाम पढ़ दूं
ना करो चिंता, चिंता है चिता समान
जिंदा-आदमी को करदे मुर्दा समान
मरघट जाता आदमी भूल जाता है
आता है जब लौटकर गुनगुनाता है
किरायेदार कब मिट्टी के मकां में
मर्जी-मनमर्जी से तक रह पाता है
मोह फिर भी नहीं छोड़ पाता है
कहता है मकां पे हक़ हमारा है
जब होती है डिक्री खोती बेफिक्री
मकां- बेमकां बेचारा हो जाता है
बनाओ किसी के दिल में मकां तो
बेमकां हो जाये मकां-मालिक और
मकां-मकां-मालिक तुम्हारा हो जाये।।

73) बोल सियावर रामचन्द्र की जय

हे मारुत नन्दन मारुती

सुन क्रंदन सुन क्रंदन

दुःख हर भय भंजन

सुख कर जग वन्दन

राम दुखी जब हिय

सिय बिन हो गये

पिय सुध लाये तुम

हर्षित-हिय हो गये

पवन-वेग तुम पवन

-कुमारा राम दुलारा

भव-जग से निराला

संकट कटे मिटे भव

-पीरा नासे रोगसोक

बजरंग- बलवीरा

नाम दियो वर सुरेश

वज्रांग वार वज्र कर

हनु खंडित हो भये

हनुमान पवनसुत

बलशाली – बालाजी

कांपे भूतपिचास सब

नाम सुनि हनुमाना

कृपा करहू पुनि-पुनि

जीवन – सफल करि

मंगलकरन हर अमंगल
वर दीनी कर सुमंगल
बोल सियावर रामचन्द्र
की जय जय हनुमान।।

74) अधपको फळ

बण अध्यापक आयो
जिण अधपको फळ
रसाकसी पकणे री चाली
पण
समय सूं पैली कियां पके
आ बात समझण में नी
आई
पर-सिम्पल साब रे म्हारे
समझ अणसमझ र राय दीनी
थे बाबू जी सूं ट्यूशन कर ल्यो
पण हुतो अधपको अध्यापक
आ बात निगे ना करी
टाबरियां रो हाको सुण
पर-सिम्पल साब बोल्या
थे आये दिन समस्यावां घड़ दो
लिखूं लो मैं पीथळ री भांति
डा-रेक्ट साब ने पाती
अधपक्योड़ा रांधे है छाती

मैं बोल्यो -टेम सयाणों कोनी साब
तोड़ो क्यूं अधपके ने
पकण दो पुरो तो फळ ने
फिर आप गिर जावेगो
चढ़ो ना तोड़न री ख़ातिर
गिर जाओगा शिक्षा शाखा सूं
अर फूट जावेगा गोडा
चेत्या स्याणा साब जद
बण अध्यापक आयो
जिण अधपको फळ।।

75) अफसर की अगाड़ी और घोड़े की पिछाड़ी

चर्चा का विषय था अफसर
अफसर के पास या अफसर से दूर
एक मोहतरमा ने फ़रमाया
भूरजी – अफसर की अगाड़ी
और घोड़े की पिछाड़ी से बचना चाहिए
दोनों में ही ख़तरा है नुकसान है
मैंने कहा मैडम- वो जमाना ओर था
जब अफ़सर घोड़े हुआ करते थे
हर काम स्फूर्ति से दौड़े किया करते थे
अब जमाना ओर है, करना ज़रा गौर-
अब अफ़सर की अगाड़ी से नुकसान कम
फ़ायदा ज्यादा हुआ करता है

आज के अफ़सर घोड़े नहीं हुआ करते हैं
घोड़े तो एक ही लात मारते हैं
आगे वाला तो बच जाता है,
मगर पीछे वाला वहीं ढेर हो जाता है
क्योंकि पीछे की लात ज़रा जोर से लगती है
बड़ी तबीयत से आगे की टांगों के सहारे
पीछे जोर से उठाकर मारी जाती है,
ताकि सम्भल ना सके पिछला,
मार इतनी जोर की लगती है कि
आवाज़ तक नहीं निकलती
ऐसा लगे जैसे जोर का झटका धीरे से लगा।
न आगे वाले को पता ना पीछे वाले को पता चले
अफ़सर से बचना है तो अगाड़ी में खड़े हो जाइये
करना कुछ नहीं सिर्फ खड़े होना है
वरना सम्भलने का मौका ना मिलेगा
पीछे खड़े होने से पहले ज़रा सोच लो।।

76) सच तो सच है

सच मैं किसको कहूं
जो दिखाई देता है उसे
या जो समझ में नहीं आता
जो समझ में नही आता
फिर उसको क्या नाम दूं
सच तो सच है
चाहे उसका हो चाहे अपना
पर अपना मैं किसको कहूं
जो लगता अपना है या जो
सपना है
सपना हक़ीक़त बयां नहीं करता
फिर सपना अपना हुआ क्या?
अगर नहीं हुआ अपना तो
सपना फिर किस काम का
मैं जिसे अपना कहता हूं
क्या वो अपना हुआ कभी
सच मै किसको कहूं
जो दिखाई देता है या
फिर जो ख़्वाब है
सच तो सच है अगर
सच्चे दिल से समझे हम।।

77) जल -बिन मीन

रैन गयी रमता-रमता
दिवस भयो परभात
जिण मिलना था मिली गया
वा मिलन री रात

पिव गयो परदेश सिधार
आवे याद मिलण री रात
पिवजी थाने कैंयां बताऊं
म्हारे हिवड़े री बात
काम करे इसड़ा काम
हिवड़े लगावे आग
आवो नी थे म्हारा पिवजी
आन भयो परभात
नींदड़ली जी आंवती
अब आवत ना जावती
हाल हुयो बेहाल
थां बिन म्हारा मीत
प्रीत लगाऊं ओर किण सूं
थां बिन चैन ना मीत
आवों नी पधारो हिवड़े
बण स्वाति री बूंद
चातक ज्यूं चावे थांने
ज्यूं जल-बिन मीन।।

78) त्योंहार अभी नया है

क्या अंदाज-ए-बयां है

त्योंहार अभी नया है

कोई आया कोई गया

बस अपनी तो आज

दिल में जली होली है

कुछ भी कहो आज

होली फिर होली है

अरमानों की निकली

आज फिर डोली है

अपनी तो फिर भी

मीठी मधुर बोली है

आपने आज फिर

मिश्री - सी घोली है

शायद जुबां ने फिर

हैप्पी होली बोली है

रंगो से रंगीली होली

आपको सपरिवार

मुबारक मुबारक।।

79) ना देख मन के भेद

ना देख मन के भेद
ना मन में कोई खेद
रंग मिलते हैं होली में
मन मिलते हैं होली में
मन खिलते हैं होली में
तन खिलते हैं होली में
उमंग मन की देख
तरंग तन की देख
रंग खिलते हैं होली में
तन खिलते हैं होली में
भड़ास मन की रेख
सड़ास तन की देख
होली के इस रंग में
बोली के इस ढंग में
तन गीला हो जाता है
मन गीला हो जाता है
ना शिकवा
ना शिकायत
मन जिसका
हो जाता है
खट्टेमीठे सुस्वादु
मन व्यंजन
खा पाता है

दिल किसका
हो जाता है
कब किसको
पा जाता है
सब कहते है
होली है
कब कोई
किसकी हो, ली
ये होली है
जी होली
प्यार की मीठी बोली
फिर बोलो जी होली।।

80) आजा मेरे पिऊ

पपिया बोले पीयू पीयू
अब कैसे मै जिऊं
बादल बिन बरसात
कैसे प्यास ये बुझे
स्वाति बूंद ना गिरे
अब प्राण ये घिरे
मत तरसा हिये को तूं
अब बरसा दे दो बूंद
ना अब तड़पा ना यूं
अब आजा मेरे पीऊ

पपीहा बोले पीयू पीयू।

81) रेत से मनसूबे

रेत से मनसूबे तेरे
कब तक ठहर पाएंगे
आश्वासन रूपी छींटे
कब तक रोक पाएंगे
बिखरे सपनों को तेरे
हिफाजत से रख पाएंगे
धूप अरमानो को सुखा देगी
ऊष्मा अपनी कब तक
दिल के घरोंदे में बचा पाओगें
ये असफलता का सूरज
नमी सोख लेगा सारी और
सपने तेरे बालू रेत की माफिक
जर्रा जर्रा में बिखर जायेंगे।।

82) ऐ चाँद मेरे

मैं तुझ तक पहूंचूं कैसे
निगलने को है
बादल परछायी मेरी
डसने को नागाकृति
बहुत विकल है
चल आ अब ज़मी पर
उतर मुझसे मिल
अरे यूं मुस्कुराता क्यूं है
मेरी मजबूरियों को समझ
या फिर
मैं गाऊं बादल राग कोई
और आग लग जाये
इस अवरोध पथ में
तुम पिघल कर मुझसे आ मिलो
या फिर
आग की भेंट चढ़ जाओ तुम
और मैं मुस्कुराऊँ
अपनी विवसता पर
क्या? ये तुमको अच्छा लगेगा
और मेरे हृदय की शीतल आग
कभी शांत हो पायेगी
तुम्हारे बिना।।

83) बूंद बूंद सिंचाई

मैंने बूंद-बूंद सिंचाई कर प्यार को सींचा
आजकल प्यार-जमीं बंजर होती जा रही
आ रही है थोक-बाज़ार-फसल प्यार की
ना जाने कौन – दूषित-कैमिकल मिली
जो बन्द करदे चंद -दिल- धड़कनो को
ना जाने कौन-सा घोला ज़हर-जिंदगी में
मैंने बूंद-बूंद सिंचाई कर प्यार को सींचा
क्योंकि आज किल्लत है प्यार-जल की
फ़सल हो अन्न या फिर फसल- प्यार
जलबिन जल रही देह या फिर हो जमीं
कमी है एक फिर-फिर अपने स्वार्थ की
दोहन करते हम अच्छी बात है ये मगर
सोंख ले हम सब सार जीवन दिल-जमीं
कुछ सीखो प्यार-जल की है बहुत कमी
सरसाये है बहु-वृक्ष सिर्फ जमीं- नमी
मैंने बूंद-बूंद सींचाई कर प्यार को सींचा
आजकल प्यार-जमीं बंजर होती जा रही
लुटाये प्यार-जल व्यर्थ होता जा रहा है
धरती-व्यर्थ-जल-प्यार होता जा रहा है
मैंने बूंद-बूंद सिंचाई कर प्यार को सींचा
आजकल प्यार-जमीं बंजर होती जा रही।।

84) पेड़ो के झुरमुट में

पेड़ो के झुरमुट में
विस्फारित नयनो से
ढूढ़ता हूं मैं तुझको
सघन वृक्षों की छांव में
शायद
बैठी हो छुपकर
बचपन में हम
खेला करते थे
छुपम छुपाई का खेल
तुम ढूंढती थी मुझकोऔर
मैं छुप जाता था
गायों के लिए रखी
उस घास के पीछे
ओढ़ लेता था एक बोरा
जब तुम पास आती तो
अचानक मैं बोरे सहित
तुम्हारे समक्ष
खड़ा हो जाताऔर तुम
घबराकर रोने लगती
मैं जब बहुत मनाता था तुमको
तुम मान खिलखिलाकर हंस देती थी
शायद आज उसी बात का
बदला लेने की है ठानी या फिर

मौसम का लुत्फ़ उठाने को
पेड़ो के झुरमुट में ले आई हो
स्वतः आती हो बाहर
या मैं तुम्हें बुलाने को
सुंदर गान सुनाऊं
मौसम बडा सुहाना है
छायी है सूरज की लाली
देखो तरु टहनियों पर
सुंदरतम् रश्मि छायी
अब तो दिखला दो
मुखड़ा अपना क्योंकि
रंगमंच पे आने की
अब सूरज ने है ठानी
पेड़ो के झुरमुट में
विस्फारित नयनों से
ढूंढ़ता हूं मैं तुझको।।

85) ऐ जानेमन

चाहत छुपाकर क्यों होते हो आहत
रखोगे इस क़दर दिल में गर चाहत
क्या कभी पूरी होगी चाहत-ए-दिल
मजबूरी बन पूरी होती नही चाहत।।
पाना चाहो गर मनवांछित चाहत
ना करो फिर किसी को आहत
राहत तभी जब चाहत पाओगे
वरना दिल-दिलग्गी कर पाओगे।
घबराते क्यों हो गर दिल पाकसाफ है
घबराते क्यों हो जब आप पाकसाफ हैं
पाकीज़गी यूंही नही मिलती दिलबाज़ार
जब हज़ार आंखे पास ना-पाकसाफ है।
दिल में मेरे घर बनालो कोई बात नहीं
दिल का शज़र लगालो कोई बात नही
देख लो सोच लो जलबिन ना मुरझाये
शज़र प्यार गर मुरझाये कोई बात नही
देख ले खुली आँखों से स्वप्न जानेमन
मिलने पर तूं गर ना पहचाने जानेमन
जान निकलने से पहले निकल जाये
ऐसा इंतज़ाम ना कर अब ऐ जानेमन।।

86) मूर्ख कौन?

जो मौन की कारा में है बन्द
या बोलता है बोल बोलने को
हांकता है राजनीति छल-छद्म
डोलता बहुत है राजमद- पद
खोलता जुबां है सैन्यहाथ बन्द
सर कटे है आज रखते जो
माँ भारती-ऊंचा सर हरदम
जो देश -हित मितवित्त हो
चित्त से मात- हित शहीद
सेना- सरताज लाज-भारती
सर करता है अपना कलम
राज करते हैं राजनेता अब
पर- पीर कौन की सुने वो
क्यों डरता है वो लेने से
प्रतिकार अपने सैन्यजन का
चलती है खुजली यूं उनकी जुबां पे
क्यों चलती नही खुजली हाथ-हथेली
पहने हो कंगन ज्यो हो नार -नवेली
करती हो जैसे साज – सिंगर हवेली
जन मरता नही सर कटता है उसका
धड़ है अब किसका सर मिलता नही
माँ खोती है बेटा ना रोती है चेता
सर दस नही सर-बदले एक लाओ

रोती विधवा बेचारी देखो कैसी लाचारी
सब कुछ खोया खोई जीवन-पूंजी सारी
कौन खेरख़बर लेगा दो दिन बाद बेचारी
दो दिन- रोना बिसार देगी दुनियां सारी
गाल बजावण वाला कित मरगया साळा
इक बेर खोल दे जो हाथ हमारा फिर
फिर जग देख लेगा सारा म्हारा नजारा
बेरियों नूं सिर-बिन कर देगा हम सारा
फिर सोच लो तुम अपनी लाचारी
नही अब जनमन को इतनी गवारी
अब इतना ना सोवो जो है खोवो
अब कैसी लाचारी तुमको बेचारी।।
उठो वीर जवानों है हाथ खड्ग तुम्हारी
आज अस्मत बचानी ख़ुद अपनी तुम्हारी
है खोलता लहू अब है बोलता लहू अब
अब कैसी लाचारी कैसी सोच-विचारी।।

मूर्ख कौन?

87) नाकाम कोशिश

बड़ी
नाकाम कोशिश
थी हमारी
तुम्हें पत्थर से
मोम बनाने की
आज देखकर
तुम्हारे
इस रूप को
आँखों को
विश्वास
नही होता कि
कल तलक
फौलाद
बनी ये हस्ती
मोम की
नाजुक
गुडिया बनी कैसे।।

88) तेरी मोहब्बत बडी बेलगाम है

तेरी मोहब्बत बडी बेलगाम है
प्यार के तांगे में जुतकर भी
प्यार के तांगे को ही नचाती
मचाती हो शोर करती ना गोर
हिंहिनाती घोड़ी की माफिक है
मस्ती में अपनी इठलाती तुम
प्यार के तांगे को नचाती तुम
सवार होने से डरती सवारी है
कैसै करे बेलगाम घोड़ी-सवारी
कलेजा गर छोटा हो भूल-कर
भूल से भी ना करना सवारी
मोहब्बत- घोड़ी चालक- थोड़ी
दिल हो बडा तो करना सवारी
ना ये हारी कभी प्यार बाजी
सम्भल जरा तुम करना सवारी
वरना ना जाने हारो प्यार-बाजी
इसमे ना आये मुल्ला ना काज़ी
अगर हो दिल मोहब्बत में राजी
तो फिर लगादो जान की बाज़ी
तेरी मोहब्बत बडी बेलगाम पाजी।।

89) साथण म्हारी

क्यूं दाबे है पांव बावळी

तूं तो साथण म्हारी है

लोग देख अचरज करे

भरे बाजारा दाबे पांव

आ कांई लुगाई है

कियां थने आशीष देऊं

बन्ध्या दोनों हाथ है

एक हाथ में डांडी म्हारे

अर एक हाथ में झारी है

मनसूं मैं आशीष देउंला

तूं तो साथण म्हारी है

लाल चुनर अर बोरलो माथे रहसी ऐ

होवे अमर सुहाग आ सै जग कहसी ऐ

क्यूं दाबे है पांव बावळी

तूं तो साथण म्हारी है

म्हाने तो बे छोड़ गया जीवन साथी ऐ

अर आ काठ भाग में आगी पांती ऐ

सदा रहे खुशहाल आ आशीष म्हारी ऐ

हृदय बसे सुहाग ऐ साथण म्हारी ऐ

क्यूं दाबे है पांव बावळी

तूं तो साथण म्हारी है

हियो देवे आशीष साथण म्हारी ऐ।।

क्यूं दाबे है पांव बावळी

तूं तो साथण म्हारी है।

90) हवाऐं बन्द कमरे की

मैं उन्मुक्त हवाओं में घूमना चाहता हूं
मैं घटाओं को देखकर झूमना चाहता हूं
मैं धरती से आसमां चूमना चाहता हूं
पर मुझे ये रोक लेती है
हवाऐं बन्द कमरे की
किस तरह निकलूं मैं इस भंवर से क्या
क़यामत लायेगी हवाऐं बन्द कमरे की
फ़िज़ाओं में मज़ा होता है क्या?
बताएं क्या?
मेरी ये जान
ले लेगी हवाऐं बन्द कमरे की
बडी मासूम होती हैं
हवाऐं बन्द कमरे की
कोई पूछें कि उनसे
क्यों सितम ढाती हैं
हवाऐं बन्द कमरे की
निरे मासूम पर वो
मिरे मासूक पर वो
बडी तकलीफ़ देती हैं
हवाऐं बन्द कमरे की
मैं उन्मुक्त हवाओं में घूमना चाहता हूं

पर मुझे

वो रोक लेती है हवाऐं बन्द कमरे की

मिरी किस्मत में

शायद लिखा है घुट के मर जाना

बडा ये

ज़ुल्म ढाती हैं हवाऐं बन्द कमरे की

मैं उन्मुक्त हवाओं में घूमना चाहता हूं

मैं घटाओं को देखकर झूमना चाहता हूं

मैं धरती से

आसमान को चूमना चाहता हूं

मैं ग़मों के

समंदर से जूझना चाहता हूं

मैं उन्मुक्त हवाओं में घूमना चाहता हूं

बडी मासूम

होती है हवाऐं बन्द कमरे की।।

91) ये जीवन दो दिन का मेला

मन काहे का गुमान करे,
ये जीवन दो दिन का मैला
फिर मन काहे फूला-फूला
इतरायें क्यूं तन पर भूला
ये जीवन दो दिन का मेंला
फिर क्यूं अपनों में फूला
दुनियां का है खेल निराला
वहम सभी ने ऐसा पाला
हम बडा है हम बडा हैं
औरन छोटा और हम बडा
तन में है मेहमान मन
जाना इक दिन पहचान
आना जाना इस दुनियां में
सब माया-खेल समझना
नाम प्रभु का ले ले मनवा
वरना जग रह जाये अकेला
इस जग में ना कोई अपना
जान ले केवल इसको सपना
दुनियां है दो दिन का मेंला
खेल-खेल बीत जायेगा चेला
मन काहे का गुमान करे
ये जीवन दो दिन का मेला।।

92) फर्क दिलों-जिस्म में हो ना

फ़िजा में आज घुली है

जमाने-भर की आबे-बू

कुछ क्षण गुस्ल कर लूं

प्यार की बारिश में यूं

खुदा की खुदाई आये

मेरे आँचल में चुपके से

मुझे ना ग़म हो किस्मत

मेरे आँचल से रुखसत

बस इक दर्द छाया है

मेरे नाजुक जीवन पर

काश नफ़रत को मिटा पाता

अपने मिटने से पहले मै

क्या करूं अब वो पहले सी

बारिश भी तो नहीं होती

जमी हो गर्द दिलों पर यूं

जो अपने आप साफ होती

न किसी को माफ़ करने की

कभी नौबत ना आती थी

वो अल्लाह की दौलत थी

वो ईश्वर का खज़ाना था

कभी ना खत्म होती थी

वो महोब्बत का खज़ाना था

मगर कहते नही बनता

वो महोब्बत का फ़साना था
कर हासिल उस मंजिल को
अब भी तराना प्यार बाकी है
जिस्म तो रोज धुलते है
दिलों का धुलना बाकी है
गुस्ल कर इस क़दर अपने को
फर्क दिलों-जिस्म में
हो ना बाकी।।

93) बस एक तेरी ही कमी है

अब मैं अपनी बर्बादियों से क्या कहूं
वो आबाद रही जीवनभर
मैं भागता रहा जीवनभर
और सलीका मुझे जीने का कब था
मैं यूंही राहे-जिंदगी में आ गया
वो मुझको भा गया और
मैं उसको भा गया
ना जाने अब वो प्यार कहां गया
गया गया गया अब
हाथ से आसमां निकल गया
न जाने मेरे पैरों तले की धरती को
अब कौन निगल गया
रूखा रेगिस्तान था
वो दरिया बन

आंखों से निकल गया

नमी आज भी आंखों की जमीं है

अब एक उसकी ही कमी है

बस एक उसकी ही कमी है

वरना आंखों में अब

बर्फ़ फिर से जमी है

अब आके

सुलगा दे आग दिल की फिर

ये दिल की लगी दिल्लगी तो नही है

आ अब हाथ अपने सेंक इस आग पर

बस तेरी ही कमी है

सोंखली तेरे ग़म ने आंखों की नमी है

ये बर्फ़ यूं ही नहीं जमी है

आ आसमां बन दिल की जमीं पर

ये धरती तो फिर भी यहीं जमीं है

वो शातिर था फिर भी मेरे दर्द से

वो पिघल गया बड़ा पत्थर दिल था

वो ना जाने मोम बन कब पिघल गया

आजा आजा ये धरती आज भी उसी जगह खड़ी है

जहाँ छोड़ा था तुमने बस एक तेरी ही कमी है

बस एक तेरी ही कमी है।।

94) स्वच्छता अभियान चल रहा

देखो स्वच्छता अभियान चल रहा

लोग अपने घरों का कूड़ा-करकट

फैंक रहे जी-भर घर-भर का

भारत सरकार चला रही देखो

स्वच्छता अभियान चल रहा देखो

धू-धू कर जल रहा है घर-घर का कूड़ा-करकट

ना भेद अमीर-गरीब जात-पांत

भेद भुला अभेद हो हो कर सीख दे रहा

सब इक दिन मिलना माटी-संग हो अभेद

ना करना खेद फिर-फिर तुम

माटी तो माटी फिर-फिर माटी

ये भेद खड़े कर देते हम

माटी से बनते सब भांडे भिन्न-2

कैसे हो सकते है माटी के अंग

इक दीपक इक मटका मन भटका

खेल खिलौने सब माटी के सब को

इक दिन माटी में मिल जाना

आना-जाना माटी से माटी में

फिर-फिर मिल जाना फिर आना

यह संसार- चक्र इसको दोहराना

ना आना बस, ना जाना बस में

क्षण एक पता नहीं कल किसका

क्षण-विस्फोट कण- विस्फोट अब

किस्सा लोगों को समझना किसका
सोचा था दो कोर मुख अन्न धरूं
अब समय बीत पछताना किसका
स्वच्छता अभियान चल रहा देखो
स्वच्छता अभियान चल रहा
दीपावली मनाने के उपलक्ष
स्वच्छता अभियान चल रहा
देखो चलता फिरता जगमग करता
किसी घर का आज दीप बुझ गया
किसने यह विस्फोटक फैंका देखो
दाम-लालच चाम-थैला फट गया
चीथड़ों में लिपटा चिथड़ा हो गया
वो भी लाल बालगोपाल किसी का
आज उठा फिर चिर-निद्रा सो गया
स्वच्छता अभियान चल रहा देखो
स्वच्छता अभियान चल रहा
कौन आज साफ़ अपना घर कर
मेरा शहर फ़िर से गन्दा कर गया
क्यों लीलते हो जिंदगियां इसक़दर
किसी जिंदगी को सफ़र कर गया
रो रही होंगी... उसकी माँ आज
बिफ़र-बिफ़र मेरा लाल किधर गया
स्वच्छता अभियान चल रहा देखो
स्वच्छता अभियान चल रहा

आदमी आदमी को देखो

कैसे है छल रहा

स्वच्छता अभियान चल रहा देखो

स्वच्छता अभियान चल रहा।।

95) होश खोकर जिंदगी कभी अपनी नहीं होती

मत कर खत्म जिंदगी की महक

महखाने में जाकर

लौट कर जब तलक आयेगा

चूमेंगे तुम्हारा वदन

गली के सब श्वान मिलकर

महक का आभास लेंगे

गिरकर गली के उस चौराहे पर

रज में लौटते होंगे

तमासा लोग देखेंगे जब तुम्हारा

तमासबीन बनकर

लोग बोलेंगे देखो यह वही

सफ़ेदपोस आदमी है

जो रोज़ अपने घर से

बड़े अदब से निकलता है

देखो आज यह इसकी

कितनी बड़ी विफलता है

जितना प्यार से इसका मुखचन्द्र

श्वान चूमते है

स्वप्न में खोया इंसान हमेशा
यही भूल करता है
स्वप्न को हकीकत और
हकीकत को स्वप्न समझता है
शायद जिंदगी के इस रहस्य को
नही समझता है
होश खोकर जिंदगी कभी
अपनी नहीं होती है
होश रख अपना और
गिर मत निगाहों में अपनी
बेहोश मत हो वरना जिंदगी
जिंदगी नहीं रहती।।

96) उस वेवफा से क्या कहें

उस वेवफा से क्या कहें
हाल -ए -दिल अपना
जिसे हाल-ए-दिल
खुद अपना पता नहीं
मिलती थी खुद जिद से
अपनी मुझसे आज क्या
हुआ उसको पता नहीं
रोती थी सिसकियाँ लेके
मेरे कन्धों के सहारे
आज मुझको बेसहारा
कब कर गई पता नहीं
खुद रोने को दो कन्धे
ओर चुन लिए और
ये भी ना सोचा उसने
मेरा हाल-ए-दिल क्या होगा
उसने अपनी वेवफाई
इतनी वफ़ा से निभाई
कभी मिलते भी तो
अजनबी की तरह जैसे ...
.मेरा उसे पता नहीं
मैं ग़म की सुई से फ़टेदिल को
सीना चाहता हूँ
पैबन्द लगाऊं कहाँ

मुझे इसका पता नही।।

97) प्यार निभानेवाला नहीं मिला

सुख के साथी
मिले हजारों
दुःख में साथी
नहीं मिला
नींद चुरानेवाले
मिले बहुत
कोई गोद
सुलानेवाला
नहीं मिला
प्यार जताने
वाले मिले
बहुत पर
प्यार
निभानेवाला
नहीं मिला।।

98) आघात

पहुंचा हो आघात अकारण
किसी को मेरे कारण आज
मैं करता हूं परिताप हो गई
हो अगर भूल मुझसे आज
लगा हो अकारण ही आघात
फिर भी मानता हूं अपराध
मैं अपने इस कृत्य को
ना जानकर भी कारण
अकारण क्षमा चाहता हूं
यदि पहुंचा हो आघात
अकारण मेरे कारण आज।।

99) तबस्सुम

तबस्सुम कब तलक
नजरों से मेरी
दूर रह पाओगी
कब तलक
निगाहों से आँखें
चुराओगी
कब तलक
ओंठो से मेरे
दूर रह पाओगी
तबस्सुम कब तलक
मुझसे दूर रह पाओगी।।
बेकार में शक किया मुझपे
यूं बर्बाद किया मुझको
ये शुबहा ये शक तुम्हारा
जिसने तल्ख़ किया मुझको
अब जिया ना जीया
बस तुझसे प्यार किया
बस सबसे बडा
गुनाह किया हमने
फिर भी कब तलक
मुझसे दूर रह
पाओगी तुम
मेरी तबस्सुम।।

100) प्लीज हमें ब्लॉक कर दें

हसीनाओं से गुजारिश है
प्लीज़ हमें ब्लॉक कर दें
कल देख हुस्न उनका यदि
हृदय में इश्क पैदा हो जाये
और हम तारीफ़ कर बैठे उनकी
अपनी कलमे-जुबां से बार-बार
हो ना हो वो यूं शुक्रगुज़ार
खैर कोई बात नहीं अपनी
गुरूर-ए-शोक पाला है तभी
तो इश्क में गड़बड़झाला है
वो मगरूर हम मजबूर ना हो
हुस्नवालों से अब पड़े ना पाला
अदाएं अटपटी उनकी ग़जब
पहचाने ना बेचारा घरवाला
हसीनाओं से गुजारिश है
प्लीज़ हमें ब्लॉक कर दें
भाव खाती हैं दाल-चावल सा
घर की मुर्गी दाल बराबर आ
एफ बी पर बैखोफ रुतबा है
घर में वर की घर लुगाई सा
हसीनाओं से गुजारिश है
प्लीज़ हमें ब्लॉक कर दें
हम तारीफ़ के पुल बांधे और

तुम उस पर से गुजर जाओ

ना जमीं पर पाँव टिकते हो

ना सुदूर- आकाश-छूते हो

रह जायेंगे ख़्वाब-मृगमरीचिका

क्यों ऐसा ख़्वाब संजोते हो

हसीनाओं से गुजारिश है

प्लीज़ हमें ब्लॉक कर दें

वरना लगाये ना तोहमत वो

हम पर चरित्र हनन की वो

दोषारोपण करने से पहले

प्लीज़ हमें ब्लॉक वो कर दें

हसीनाओं से गुजारिश है

प्लीज़ हमें ब्लॉक कर दें।।

प्लीज़

101) कुछ तो हक़ीक़त है

मेरी हर बात
हकीकत नही होती
पर हकीकत से
कुछ कम भी नहीं है
हाँ ये बात और है कि
मैं हर बात को यूं ही
मज़ाक के तौर पर
लेता हूँ मगर
जो कहता हूँ
कुछ तो हकीकत है।।

102) तौबा इन इश्कवालों से

कब तलक

बरसने का

इंतजार करते

रहे तुम

आज तुम ही

कहते हो बस करो

अब और नही

क्या बादल भी

कभी माना है

मनाने से नहीं

बरसा तो नहीं

जब बरसा तो हाय तौबा

कैसी मुहब्बत है तुम्हारी

स्वार्थ से भरी यारी

तौबा इन इश्क वालों से

कर लो

ये कभी अपने ना हुए

तो यारों के क्या होंगे।।

103) ये तेरी आँखें

आज भी मेरे अक्स को
संभाले है ये तेरी आँखें
देख शीशे में अपनी
आँखों में आंखे डालकर
नज़र आयेगी तुम्हारी
आँखों में हमारी आँखें
जिस्म की दूरियां भी
नजदीकियां बन जायेगी
ज़रा आंखे बन्द कर देख
देखेगी सूरत मेरी तेरी आंखे
झील-सी गहराई है
समंदर-सी शांत है तेरी आंखें
मयखाने-सी मदहोश कर देती है
मुझको तेरी आँखे
जाने कौन-सी मय पीने का
पैगाम देती तेरी आँखे
ये नजरों के तीर
करते हैं मुझको घायल
सम्भालो इन्हें मेरे दिल को
चीर देती है ये तेरी आंखें
ना जाने क्यूं भाती है
फिर भी मुझे ये तेरी ऑखें
कहो या ना कहो हमसे

प्यार दर्शाती है ये तेरी आंखें

ना मैं भूल पाऊं

ना तुम भूल पाओ

दिल की धड़कनें

बतलाती है मेरी ये तेरी आँखे

ना जाहिर कर

ना मिल मुझसे यारा

तेरी तस्वीर मेरी तक़दीर से

मिलाती ये तेरी आँखें

देख शीशे में अपनी

आँखों में आंखे डालकर

आज भी मेरे अक्स को

संभाले है ये तेरी आँखें।।

104) हमारा दिल

हमारा दिल अब शीशे का नहीं है
जो ठेस लगने से टूट जाता है
ये तो स्पंज की माफिक है
जो धड़कता है तो सिकुड़ता भी है
इसे चोट मारो तो ये और उछलता है
इस दिल का कुछ भी नहीं बिगड़ता है
चोट करने वाला खुद पछताता है कि
मैंने नाहक
परेशान करने की कौशिश की
खुद ही परेशां होकर
भाग खड़ा होता है
इस दिल को कितना
ही परेशां करो
ये फिर सम्भलकर अपनी
यथा- स्थिति पाता है
दिल कोमल है पर
कठोरता को ये वापिस
उखाड़कर फैंक देता है
ये मेरे दिल का
आधुनिकीकरण है
आज कल के लोगों
को पता तो चले
आज का दिल भी

फौलाद से कम नहीं है।।

105) हम मौन रहे तो

हम मौन रहे तो
ऐसे कई डांगाबास
घटित होंगे
क्यों भीतर ही भीतर
सहते हो
क्यों अपने मन की
नहीं कहते
क्या जोर जबरदस्ती
है तुम पर
क्या औरों से इतना डरते हो
है वक्त नही अब डरने का
है जोश तो कुछ करने का
क्यों दलित -दलित चिल्लाते हो
क्या और नही है
तुमसे मुफ़लिस
क्या रोते है वो
अपनी हालत पर
संघर्ष नही जब तक करते
यों बेमौत रहेंगे हम मरते
फिर औरों की ओर
है हम तकते करेंगे सहाय

क्या वो अपनी

जो अपनी रोटी को तकते है

बिकते ईमान धर्म यहां पर है

क्या जाति का दम तुम भरते हो

हो अन्यायी चाहे जो भी

उस पापी का उद्धार करो

सम्भलो जाति के दीवानों

अब तो कुछ तुम सुधार करो

पीड़ित पीड़ित होता है

उसका न जाति धर्म कोई

जैसे आततायी हो कोई

मजहब उसका न है कोई

फिर काहे करते हो बंटवारा

इस स्वच्छ सुंदर समाज का तुम

ज़हर ना घोलो दीवानो

इन्सां को इन्सां रहने दो

मत दोहराओ इन बातों

फिर और घटित

न हो डांगाबास।।

106) वो मुझे अपनाकर भी

मै जिसे प्यार करता रहा

मासूम समझ कर

वो ही मुझे जख़्म पे

जख़्म देता रहा

मैंने कभी उसको

नहीं कहा कि

मैं तुमसे प्यार करता हूँ

पर वो वक्त बेवक्त

ये कहता रहा मैं तुम्हे

बहुत प्यार करता हूँ

मैं तुम्हारे बिना

जी नहीं सकता

पर

ग़म इतना सताता रहा

मुझे कि वो मुझे

अपनाकर भी

अपना ना हो सका।।

107) मेरी तन्हाइयों में ना आया करें

मैंने रात के अँधेरे से
कह दिया है
मेरी तन्हाइयों में
ना आया करे
जब भी अँधेरा होता है
मुझे रह रह कर
उनकी याद आती है
फिर वही
रुसवाइयों का दौर
स्वप्न में भी हमें
जीने नही देता है।।

108) आप वही हैं जो है

आप वही हैं, जो है, फिर क्यों डरते हो
डरते हो, फिर इतना क्यों मुझपे मरते हो
दिल फैंक-फैंक, फेंक मुझे क्यों करते हो
चाहत दिल में मेरी और मुझसे ही डरते

है शायद पूर्व-परिचय अपना, यूं ही नही
बार-बार राहों में आ ख़ुद ही छलते हो
चलते हो चलन जमाने का जो है, फिर
देख मुझे, क्यों ठंडी आहे भरते हो फिर

आप वही हैं हम यहीं हैं आओ फिर-२
मुलाकात करें, हृदय की कुछ बात करें
आड़े आवे भीतभाव-दीवारें अब दूर करें
स्नेह-दीपक, ना बुझने को मजबूर करें

जलता है रोशन करने दिल-घर जिसका
वो क्यूं-कर आज ना उस पे मरे-मरे

हे हरे हरे हे हरेहरे प्यार से तूं परे-परे
है अज्ञात भय तुझको प्रिये क्यूं हर बार

ना छोड़ा अभी तक हमने भी घर-बार
खाया धोखा प्यार में हमने भी हर-बार
फिर भी प्रिये करता मन तुमपे विश्वास

शायद तुम वही हो जिसका है इंतजार

आ जाओ, छा जाओ, दिल वीराने में
क्या रखा है बार-बार आ-जमाने में

तुम वही हो, हां निश्चित तुम वही हो
आप वही हैं, जो है, फिर क्यों डरते हो

डरते हो फिर इतना क्यों मुझपे मरते हो।।

109) लोगों के मुख विवर्ण हो गये

कल के अवर्ण क्यों सवर्ण हो गये

लोगों के मुख क्यों विवर्ण हो गये

स्वार्थ-सिद्धि होती थी, तब-तब वो

ना जाने पराये भी अपने हो गये

दे दे दुहाई जाति की, ज़हर हो गये

सुबह-शाम-दोपहर हवा जो हो गये

ना चैन दिल को ना शुकुं मन को

ना जाने ऐसे-कैसे अपने हो गये

मैं आज खड़ा हूं जिस डगर पर

वो देख अगर-मगर क्यों हो गये

ना बांधो-बन्धो संकीर्णता के तारों से

ये भेद ना जाने, कब अभेद हो गये

अब ना छेद करो दिल की दीवारों में

ना जाने ये अवर्ण-सवर्ण का खेल-खेल

हम क्योंकर शिकार होते हैं इनके

ये क्या अपने भाग्यविधाता हो गये

मैं ना सिमटा ना सिमटूंगा इन दीवारों में

क्या सवर्ण, क्या अवर्ण, खेतरेत हो गये

कल के अवर्ण क्यों सवर्ण हो गये

लोगो के मुख क्यों विवर्ण हो गये

समझाइस करते समझदार हो गये

मेरे वो अपने, जो अपने संग नहीं

देख उनको आज अलग मैं दंग नहीं

क्योंकि पता मुझे था पहले से सब
वो कब-कब कभी हमारे संग नहीं
मैं सवर्ण-अवर्ण में कभी ना बंट पाऊंगा
क्योंकि जो साथ मेरे थे आज साथ वही
मानव से बढ़कर जाति की औकात नहीं
इंसान-इंसानियत से बढ़कर सौगात नहीं
क्यों सवर्ण-अवर्ण-चक्कर में पड़ते हो
ये नेता लेता है सब, ना कुछ देता है
देता कम क्या पीड़ाओं की सौगात नहीं
कल के अवर्ण क्यों सवर्ण हो गये
लोगों के मुख क्यों विवर्ण हो गये।।

110) प्रेम -मंदिर

लोग कहते हैं रिश्ते रूहानी होने चाहिए
प्यार सिर्फ जिस्मानी नही होना चाहिए

नज़र और नज़रिया अपना बदल देखें
प्यार रोशन-जिस्म बिना हुआ चाहिए

दुआ कीजिए जिस्म मन्दिर है प्यार का
प्यार का देवता बूत की देख सुंदरता

दर प्यार के आएगा मन मन्दिर में वरना
देख विद्रूपता लौट दर से फिर जायेगा

कौन दूजा फिर उस दर ठहर पायेगा
नज़र बदली है ना बदलेगा नजरिया

मुहब्बत आधार बूत -बुतखाने का है
जिस्म है वह पवित्र मन्दिर यारों जिसमे

देख सुंदरता प्रेम -देवता प्रवेश करता है
फिर क्यों भूलते हो आज की मित्रता

फेस देख की जाती है फेसबुक मित्रता
फिर प्यार का देवता क्या है भावशून्य

क्या उसको नहीं भाता प्यारा चन्द्रमुख
जिस्म तो है प्यार का प्यारा सा मन्दिर

जिसमे रख कदम भूले नादिरशाही
प्रेम का आधार जिस्म ही है प्रेम-मन्दिर।।

111) गीत

हे कृष्ण मोहन सखा हमारे
हे कृष्ण मोहन सखा हमारे
बसों नयन में अब प्रभु हमारे
दरस- प्यासे अब नयन हमारे
तुम पर अब ये जीवन वारे
तुम तारो अब नाथ हमारे
तुम बिन बिगरी कौन सँवारे
हे मुरलीधर हे गिरधारी
तुम पर तो ये दुनियां वारी

क्या मानू अब ईश्वर तुझको
या मानू तुम्हे सखा सुदामा
हे भगवन हे कान्ह- कन्हाई
जिस गिरी को धरा हनुमत ने

उठा उसे अब लाज बचाई
हनुमत को नही कहते गिरधारी
मोहन हो मोहित करते सब को हो
चर क्या क्या अचर सभी को साईं

राधा हो या गांव की ग्वाला
हितचित-वित्त चतुराई चुराई
है भगवान भगत के प्यारे

लाज बचा तारो गिरधारी

तुम पर तो ये दुनियां वारी
तारो अब तो हे मुरलीधारी
हे कृष्ण मोहन सखा हमारे
बसों नयन अब प्रभु हमारे।।

112) दीवाने हो गये हैं हम

दीवाने हो गये हैं हम
दीवाने हो गये हैं हम

नहीं हैं हम किसी से कम
जहां में दौलते हैं कम

नहीं हैं अब किसी का ग़म
दीवाने हो गये हैं हम

नहीं हैं हम किसी से कम
दिलों को तोलते ना हम

कहो क्या दिल दौलते हैं कम
ना हम डोलते है अब

हां कम बोलते हैं अब

किसी में दम हो तो

हमें आजमा लें अब
किसी के बाप का ना खाते

कभी हम पाप का ना खाते
दीवाने हो गये हैं हम

नहीं हैं हम किसी से कम
किसी से डरे तो अब हम क्यूं

जमाना चाहे ज़ालिम हो ले यूं
क्यूं क्यूं क्यूं ना बोले हम

नहीं है हम किसी से कम
किसी के बाप का ना खाते

कभी हम पाप का ना खाते
दीवाने हो गये हैं हम
नहीं हैं हम किसी से कम।।

113) आज भी अट्हास करता है रावण

आज भी अट्हास करता है रावण
आज भी अट्हास करता है रावण
दसमुख है उसके दसों दिशाओं में
खुले हैं करते ग्रास सब मनभावन

मानव-मन पाता है त्रास हर-दम
दम निकल जाये कब माना मानव
भूख गरीबी अबलाओं का प्रतारण
भ्रष्ट-नेता-चाकर-पथभ्रष्ट हो मानव

दानवसंज्ञा पाता मनपापी हो मानव
रोता रावण पैदा होता होता मानव
जीवन खो-ता होता पथ में पागल
सोता देख मानव कुम्भकरण-पागल

आलस फैला करता-2 मन-घायल
बजती चाहे मनमस्तिष्क में पायल
होता सुन मन-शोर मेघनाद घायल
आहत करता मन में रखता चाहत

अरे शोर चारो ओर सुन हो पागल
आज भी अट्हास करता है रावण
आज भी अट्हास करता है रावण

करते उसको हम खुद खड़ा हो वो

चाहे नेता या बुत- कागज़ -रावण
जल-जला जाता है ये बुत- रावण
जलते नहीं ये चमड़े के बुत-रावण
जो देते है त्रास ये तन-मन-मानव

हम खड़े कर देते परवर्ष ये रावण
होगा शायद दहन इनका इकदिन
इकदिन होगी होगी धरती पावन
आज भी अट्हास करता है रावण
आज भी अट्हास करता है रावण।।

114) छलछला गयी है आँखे

छलछला गयी है आँखे
क्यूं ना अब तूं दिल में झांके
प्यार प्यात प्यार क्या है
ये यार यार
छलछला गयी है आँखे
क्यूं ना अब तूं दिल में झांके
भर गया है दिल अब
डबडबा गयी है आँखे
प्यार प्यार यार है
क्या कमाल यार ये

छलछला गयी है आँखे
क्यूं ना अब तूं दिल में झांके

दूर रह के देखता
तमासा-तमासबीन बनकर
दिल तेरा पसीजता नही
ग़म को यूं ग़मगीन देख
तेरा मेरा साथ था बोलो
किसका हाथ था
तुम्हे किसने गुमराह किया
जो मेरा हमराह किया
जान ना अनजान बन
मेरा ना कसूर था वो
तेरा ही सरीह-इश्क था
मुझको ना जरूर था

छलछला गयी है आँखे
क्यूं ना अब तूं दिल में झांके
वो सराब-मरू था
शबाब-शराब जाने क्या था

मैं भूला था उसमे जिसमे
मंजिल का ना हिसाब था
छलछला गयी है आँखे

क्यूं ना अब तूं दिल में झांके।।

115) दास्तां-ए-मुहब्बत

दास्तां-ए-मुहब्बत सुनाना चाहता हूं
गा गीत तुझको रिझाना चाहता हूं।।
सफ़र जिंदगी का भुलाना चाहता हूं
आज तुझसे रिश्ता निभाना चाहता हूं।।
लगी दिल को ठोकर दिखाना चाहता हूं
मैं आज अपने ग़म को भुलाना चाहता हूं।।
जमाना है ज़ालिम बताना चाहता हूं
दिल के ज़ख्मो को दिखाना चाहता हूं।।
अगर हो रजामन्द दिखाना चाहता हूं
जमाने को अब जलाना चाहता हूं।।
खुशियां अपनी पचाना चाहता हूं
हक़ तुम्हारा दिलाना चाहता हूं।।
तुझे अपना दिल से बनाना चाहता हूँ
विष दुश्मन जमाने को पिलाना चाहता हूं।।
ग़म एक एक कर सब गिनाना चाहता हूं
नींद अब जमाने की उड़ाना चाहता हूं।।
लगी दिल पे कालिख़ धुलाना चाहता हूं
ग़म-ए-दिल की चादर सुखाना चाहता हूं।।
है एक ख़्वाहिश तुझे पाना चाहता हूं
ग़म-ए-जमाने को छोड़ जाना चाहता हूं।।

116) जिंदगी ऐ जिंदगी

जिंदगी ऐ जिंदगी बन मेरा तूं हमसफ़र
जिंदगी ऐ जिंदगी बन मेरा तूं हमसफ़र

मैंने कितना तुझे अपने साथ है भगाया
तूने मुझको क़दम-क़दम पर है जगाया

मेरी आदत है संगसंग तुझे भगाने की
मैं मुसाफ़िर हूं ये कभी ना माना मैंने

आनाजाना है जहां-मुसाफ़िर की तरहा
क्यूं समझ बैठा अपना पक्का ठिकाना

आज-तक कोई टिका, किसका ठिकाना
जिंदगी ऐ जिंदगी बन मेरा तूं हमसफ़र

जिंदगी ऐ जिंदगी बन मेरा तूं हमसफ़र
मौत आये जबतलक साथ निभाना मेरा

मरने पहले तूं यूं मुझसे रुसवा ना होना
लोग कहते ना रहे अभी तो जिन्दा था

मेरी जिन्दा लाश को देखकर लोग कहे
कहते रहे अभी तक जिन्दा था बेचारा

मैं बनू ना फ़लसफ़ा जिंदगी का ऐसा
लोग दोहराए और मैं मर- मर जाऊँ

जब तलक जिन्दा हूं बेवफ़ाई ना करना
वरना मरने से पहले ही मैं मर जाऊंगा

फिर चाहे लाख अफ़सोस करे ये दुनियां
फिर लौटकर मैं इस जहां ना आऊंगा

जिंदगी ऐ जिंदगी बन मेरा तूं हमसफ़र
जिंदगी ऐ जिंदगी बन मेरा तूं हमसफ़र।।

117) अंधेरे बहुत है

अंधेरे बहुत है तन्हाइयों के
कह दो तो हम शमां लेके आये
कहकर तो देखो शमां दिल की जलाये
जगा देंगे हम तो अरमां दिल में सोये
जली जो ये शमां मिटाने अंधेरा
कहीं खुद ही ना बुझ जाये
तुम ना रूठो तुम ना रोना
यदि फ़ख्र है मेरी वफ़ा पे
प्यासा है दरिया ये हमने है जाना
खुद डूबने की ख़ातिर बेताब दिल है

मय क्या पिलाये मदहोश हो तुम
आँखों में है आबाद मयखाना तेरे
कहते हो अनजान जहां से तुम हो
ये कैसे यूं ही अब हम मान जायें
अंधेरे बहुत है तन्हाइयों के
कह दो तो हम शमां लेके आये
कहते हो उड़ाने पतंग प्यार की तुम
कभी सोचा है पतंग कट ना जाये
मिलेंगे तो सब समझा देंगे तुमको।।

118) आफ़ताब कहूं या चाँद तुम्हें

आफ़ताब कहूं या चाँद तुम्हें
नजरे करम करना मुझपे
नूरानी चेहरा तेरा ना जाने
उसपे किसका पहरा गहरा
आफ़ताब कहूं या चाँद तुम्हें
नजरें इनायत करना मुझपे
कहूं आफ़ताब मैं तुझको तो
पास तेरे कैसे मैं आऊं
तपिस दिल की बुझाने
फिर कहां मैं कैसे जाऊं
तेरे मुखड़े को अगर
चाँद का टुकड़ा कहूं
पूरण चाँद किसको कहूं
तुम हो पूर्णमासी का चाँद
तुझको मैं आधा कैसे कहूँ
प्यार ना आधा हो हमारा
मैं तुझको पूनम-चाँद कहूं
आफ़ताब कहूं या चाँद तुम्हें
नूर जो झलके तेरी आंखों में
उसका कैसे शुक्रिया अदा करू
तुझ बिन जले हिया पिया मेरा
शीतल छाती अब कैसे करूँ
आफ़ताब कहूं या चाँद तुम्हें।।

119) ये काल महा बन जायेगी

जीवन में चलना है साथी

कुछ फूलों कुछ काँटों पे

नादानी अब छोड़ दे प्यारे

परमेश्वरी शक्ति है न्यारी

करबद्ध करले प्रार्थना तूं

फिर है हितकारिणी

तूं अविश्वास को छोड़ दे

समय है बाकि ना मुख मोड़

मत चल उलटी चालें तूं

ये काल महा बन जायेगी

जीवन में चलना है साथी

कुछ फूलों कुछ काँटों पे।।

120) तेरी गली में हम

आये है घर छोड़ के अपना
साजन तेरी गली में हम
मिले चाहे ख़ुशी या ग़म
अपना घर छोड़ आये हम
मिलना अब हम तुम सनम
हम रहे ना हम तुम रहो तुम
साजन तेरी गली में हम
छोड़ सारे जहां को आये हम
चाहत में तेरी हम लूट गये
ये भी क्या किसी से कम
साजन तेरी गली में आये हम
कम से कम नज़रें करम कर
वरना जी ना पायेंगे हम
छोड़ बाबुल का घर
चले आये समझ अपना घर
मौत आने से पहले
अब ये निकले ना दम
मैंने चाहा है तुझको
ये क्या है कम
साजन तेरी गली में आये हम
छोड़ अपने बाबुल का घर
साजन तेरी गली में हम।।

121) ऐ राधा ऐ राधा

ऐ राधा ऐ राधा

तेरे प्यार को मैं अब कौन सा नाम दूं

दिल मेरा है तेरा इसे कौन सा नाम दूं

ऐ राधा ऐ राधा

तुम बिन है श्याम अब आधा है आधा

तेरे दिल को मैं अब यूं क्यूं इल्ज़ाम दूं

ऐ राधा ऐ राधा

तुम बिन नहीं पल-पल रातों का चैन

तुम बिन नही कल-दिल-विलक-विफल

ऐ राधा ऐ राधा

मैं रास रचैया पर अब तुमसे से आस

आओ हमारे संग रास फिर फिर रचाये

ऐ राधा ऐ राधा

तुम बिन है श्याम अब आधा है आधा

तेरे दिल को मैं अब यूं क्यूं इल्ज़ाम दूं

ऐ राधा ऐ राधा

ना पुकारूंगा मैं अब तेरे नाम को फिर

ना हो अब मेरे नाम-संग बदनाम फिर

ऐ राधा ऐ राधा

ना बोलूं मैं तुझसे दिल दिल बेज़ार हो

मेरा ये तीर तेरे दिल के आर-पार हो

ऐ राधा ऐ राधा

रूठे जो तूं मुझसे मैं ना हूं वो कान्हा

मान मनाये तुझको बांसुरी बजा कान्हा

ऐ राधा ऐ राधा

मैं तो अनाड़ी ना जानू मना – मनाना

तुझको जो भाये कान्हा दौड़ी तूं आना

ऐ राधा ऐ राधा

देखूं मैं तुझको क्या आता है मनाना

श्याम सलोना नहीँ है दिल साफ़ हमारा

ऐ राधा ऐ राधा

तेरे प्यार को मैं अब कौन सा नाम दूं

दिल मेरा है तेरा इसे कौन सा नाम दूं

ऐ राधा ऐ राधा।।

122) नमन नमन उस भीम को

नमन नमन उस भीम को नमन नमन उस भीम को

रच-संविधा-संविधान को

नमन उस भीम-वीर को

झेला अनय अत्याचार को

पेला गूढ़ज्ञान-आगार को

नमन है उस भीम को नमन नमन उस भीम को

नमन उस ज्ञान-दीप को

नमन उस जगदीश को

माना है जिसके ज्ञान का

नमन उस जग-जगदीश को

नमन नमन उस भीम को

मुक्त कर कारा से नर

सब मात-सम-नारी को

भेद जो हुआ उनसे

खेद जो किया मनसे

ठान लिया तन-मन से

इस भेद को अभेद कर

कर दूंगा मतभेद बन्द

सुख ना देखा देखा दुःख

हारा ना हर हाल में

काल को बेहाल कर

जीत लिया ये समर

बांध लो अब कमर

भीम के उस ध्येय को

खोने ना देंगे अब हम

जीत हो या हार हो

हरहाल में कमर कसे

ना कभी समर फंसे

चक्रव्यूह है द्विज का

ना एक से अनेक हो

लौटते हैं सांप जिनके

छाती पे अनेक हो

नेक हो बस नेक को

उद्देश्य चाहे अनेक हो

भीमघोष याद रहे याद रहे याद रहे

संगठित रहो शिक्षित बनो संघर्ष करो

मूल मंत्र जान लो मन में ये ठान लो

झूकेंगे ना झूकेंगे हम, हम नहीं किसी से कम

हम नहीं किसी से कम हम नही किसी से कम

नमन नमन उस भीम को नमन नमन उस भीम को

जय भीम बोलो जय भीम बोलो जय भीम बोलो जय भीम

123) ज़ख्म जिंदगी के

ज़ख्म जिंदगी के सोने ना देते
रोने ना देते ज़ख्म जिंदगी के
ज़ख्म जिंदगी के रह रह रुलाते
बडी मुश्किल से ज़ख्म छुपाते

दिखाये किसको दिलके ये छाले
ज़ख्म ये पाले हमने दर्दे-मुहब्बत
जिन्दा हैं अब तक मारे मुहब्बत
तुझ पे है वारे जहां-सारे कुंवारे

मुझसा ना कोई दिल अपना वारे
क्या वादे तिहारे झूठे थे सारे
वो क्या इसारे झूठे थे सारे-सारे
नैनो से तुमने जो किये थे इसारे

लगी हमको वो जो तीरे नज़र यूं
घायल हैं अबतक ग़म-मारे तिहारे
ज़ख्मो को धोता तेरी यादो पे रोता
दिल अपना खोता ना रातों को सोता

मैंने ज़ख्म कुरेदे है दिल साफ हो ले
मैल है जो दिल में वो साफ हो लें
तुमने ना सोचा दिल तुमने ना समझा

होते हैं अपना यूं क्यूं बन के पराया

अब भी है मौका ना दो दिल को धोखा
करना कर लो मुझसे इज़हार-ए-मुहब्बत
ना मिलता है जीवन फिर मिलना दोबारा
आ जाओ कि होलें अब पौबारह हमारा

ज़ख्म जिंदगी के सोने ना देते
रोने ना देते ज़ख्म जिंदगी के।।

124) ओ यारा मेरे दिलदारा

ओ यारा मेरे दिलदारा
मैंने तुझ पे दिलवारा
दिल का मोल नहीं होता है
समझा तूने कब दिलदारा
ओ यारा मेरे दिलदारा
तोड़ के ये जिस्मों का बंधन
चल दूंगा मैं जो आवारा
ओ यारा मेरे दिलदारा
जिस्म नहीं होता है सबकुछ
प्यार का नाता है कुछ न्यारा
ओ यारा मेरे दिलदारा
इश्क सभी होता है झूठा
जब तक हो प्यार कुंवारा

ओ यारा मेरे दिलदारा।।

125) मेघा ना हीँ बरसे

मेघा ना हीं बरसे अंखियां बरसे मोरी

पिया घर ना आये अंखियां पूछे मोरी

बदरा ये आये ख़ाली अंखियां भरी मोरी

बरसे ना मेघा पानी अंखियां बरसे पानी

सजन नहीं आये अब सखियां पूछे मोरी

सूखा ये सावन जाये अंखियां बरसे मोरी

पिया क्यूं नहीं आये सखियां पूछे मोरी

सूखा ये सावन जाये अंखियां पूछे मोरी

पिया क्यूं नहीं आये सखियां पूछे मोरी

हिया भीगे जिया भीगे नैना बिन बादल

मेहा ना नहीं बरसे बरसे अंखियां मोरी

आंखों से नेहा बरसे बिनमेहा तरसे नैना

धरती मेहाबिन तरसे तरसे पियाबिन नैना

तरसे है पियाबिन हिया जिया तरसे मैना

मेघा नाहीं बरसे बरसे अंखियां मोरी

पिया नहीं आये अंखियां पूछे मोरी।।

मेघा ना हीं बरसे बरसे अंखियां मोरी

126) वाह दिल हमारा हो गया

वाह दिल तुम्हारा हमारा हो गया
क्यूं मिलूं तुमसे किसी बहाने से
डर लगता क्यूं तुम्हें जमाने से
रूबरू होकर समझते नहीं दिल
एक ठोकर मारी ज़माने ने
एक होकर दिल गमाने में
दौलते है जहां- कमाने को
जीत सके तो जीत दिल को
मीत बन मन-मीत बन कर
रीत निभाने को मत प्यार कर
गीत मत लिख मुझे रिझाने को
वाह क्या बात है सनम साजन
ओ प्रिया ओ प्राण प्रिया जान
मत अंजान ओ मेरी जान मान
मत कर गुमान ना हो अनजान
वाह वाह दिल हमारा हुआ।।
दिल भी कैसे अनकंट्रोल हुआ
जो था कभी तुम्हारा आज मेरे
दिल से दिल हारा तुम्हारा वाह
तुम्हारा दिल हमारा हो गया।।

127) तेरा नाम ले के जीते हैं

तेरा नाम ले के जीते हैं
हर सुबहा और हर शाम
जीते हैं तेरा नाम ले के
इस जहां के मालिक
कहूं ख़ुदा या ईश्वर तुझे
नहीं फर्क है कोई नश्वर
ना शुबहः अब हमको
तेरी किसी बात पर
ख़ुद-खुदाई एक तरफ़
दूजा ख़ुदा है ना कोई
मांगा था मन से हमनें
पाया हर-पल पास में
फ़क्र करते हैं हम तेरी अनजानी औकात पर
तेरा नाम है अल्लाह क्या नाम है वल्लाह
नाम में रखा है क्या बन्दा पुकारे वही नाम
तेरा तो बस एक काम बन्दों के करे बस तूं काम
तेरा नाम ले के जीते हैं।।

128) अरमानों की दुनियां

टूटे हुए दिल के
टुकड़ो को जला देंगे
अरमानों की दुनियां में
हम आग लगा देंगे
नफ़रत ही तेरी
फ़ितरत ही सही
इसको भी नफ़ासत से
जीवन में सजा लेंगे
ये ढलने वाला दिन
ये आने वाली रात
थोड़ा सम्भल जाओ
ये छोटी सी है बात
आगे रात घनेरी है
अब खुद संभलो यारा
मैंने तो है दिल वारा
रोशन इस जीवन को
अब तुम ही बचा लो
ये सुबह सुहानी है
ना रात ये बन जाये
टूटे हुए दिल के
टुकड़ो को जला देंगे
अरमानों की दुनियां में
हम आग लगा देंगे।।

129) ग़मेंदिल कैसे छुपाऊं

गीत कोई गुनगुनाऊँ क्या मैं अब तुमको सुनाऊं
प्रीत की है रीत ये तो ग़मेंदिल कैसे छुपाऊं मैं
अरे दिल है जो हरा-हरा ग़म से यूं भरा-भरा
ना जाने कौन सा है डर दिल है अब डरा-डरा
तुम कौन सी हो मंज़िल दिल तो अब मरा-मरा
अरे लाल था गुलफ़ाम था तेरा ही ग़ुलाम था
तूने इस क़दर है छोड़ा कहीँ का नहीं है छोड़ा
अरे लाल हुआ लहू से तूने बस इल्ज़ाम दिया
क्यूं ना अपना नाम दिया तूने बस इल्ज़ाम दिया
तूने बस इल्ज़ाम दिया तूने बस इल्ज़ाम दिया
दिल ने तुझे मान दिया तूने बस बदनाम किया
बोलो तूने क्या किया बोलो तूने क्या किया
यूं ही मुझको बदनाम किया राह-सरेआम किया
राह सरेआम किया राह सरेआम किया
बोलो ये क्या काम किया मुफ़्त में बदनाम किया
सर पे ये इल्ज़ाम दिया सर पे ये इल्ज़ाम दिया
गीत कोई गुनगुनाऊँ क्या मैं अब तुमको सुनाऊं
प्रीत की है रीत ये तो ग़मेंदिल कैसे छुपाऊं मैं।।

130) चेतक मेरे यार

चेतक मेरे यार
सुन तेरे टापों की आवाज
दिल मेरा इक पल डोले
बोले होले होले
तेरे बिन वादी सूनी
तेरे बिन घाटी सूनी
टप टप टप टप सुन
तेरे टापों की आवाज़
जिया दुश्मन डोले
दिल मेरा बोले होले
होले होले
तेरा छोड़ूंगा ना साथ
चाहे कुछ भी हो ले
तेरे बिन रणभूमी सूनी
तेरे बिन युद्धभूमी सुनी
तेरे बिन हल्दीघाटी सूनी
तेरे बिन
अब मान जा मेरे यार
दुश्मन हो गया
सर पे सवार
करले अब असवार
अब उठ जा मेरे यार
उठ करले हवा से बात

तेरे बिन दिल मेरा ऊना
लागे सब सूना सूना
तेरे बिन वीरां घाटी
अब मोल मांगे माटी
अब करले पार घाटी
सुन ले मेरी पुकार
चेतक मेरे साथी
हम जैसे दिवा-बाती
हां चेतक मेरे साथी
हां चेतक मेरे साथी।।

131) इंसान हो तुम

कश्तियां यूं ही
डूबती रह जायेगी
होंसला है जिसके हाथ
वो पार सागर कर जायेगा
तर जायेगा बिन पतवार
इंसान हो तुम
इंसान हो तुम
किनारे वही रह जायेंगे
मौजे कितना बुलायेगी
मांझी कब तक पुकारेगा
जीवन है चलने का नाम

इंसान हो तुम

तुम इंसान हो

मत घबरा इन उलझनों से

एक दिन हो जायेगा पार

यार सुन अब दास्तां ग़म

कब तक ठहर पायेगा

जिद ना कर रुकने की अब

जीवन क्या ठहर जायेगा

इंसान हो तुम

तुम इंसान हो

इक पहर थोड़ा ठहर

चल फिर मंजिल पायेगा

जो बिता उसको जाने दे

अब पछताये क्या हो पायेगा

है इंसान तूं ये समझ

कब तक तूं रुक पायेगा

इंसान हो तुम

तुम इंसान हो

जीतेगा इकदिन हार के

जीवन को यूं वार के

इंसान हो तुम

तुम इंसान हो

हां तुम इंसान हो।।

132) ओ मृगनयनी

तेरी आँखों को मैं क्या कहूं ओ मृगनयनी
सागर-सा है हिया तेरा उसमें है खारा पानी
ओ मृगनयनी
सागर सी गहराई लिए खंजन सी आँखे हैं तेरी
आँखों के अंजन में छुपा रखा है कौन सा राज
ओ मृगनयनी
समन्दर है कौन सा दिल में तेरे दिलबर जानी
मैंने जब देखा था तुझको सूरत लगी पहचानी
ओ मृगनयनी -2
आँखों में तेरे कौन सा सागर बसा है जो
दिनरात तेरी आँखों में भरा रहता है पानी
ओ मृगनयनी -2
जब तेरी मेरी पहली मुलाक़ात हुई तो मैंने पूछा
आँखों में काजल है या है अंखियां कजरारी
ओ मृगनयनी -2
आज भी तुझको सागर किनारे दिल ये पुकारे
तूं जो नहीं तो मेरा कोई नही है सागर किनारे
ओ मृगनयनी ओ मृगनयनी

133) मन का पंछी

मन का पंछी उड़ ना जाये रे
बडी भौर हुई मन
दिल को ये समझाये
बन्ध पिंजरे में पंछी रे
कैसे उड़ ये पाये रे
बिना पंखो का पंछी
कहीं उड़ ना जाये रे
बडा अंदर ही अंदर
दिल घबराता जाये रे
इस पंछी को ये घर
क्यों ना भाये रे
लोग देख पराया घर
मन ललचाये रे
ये अपना ही घर छोड़
कहाँ को जाये रे
मन का पंछी उड़ना चाहे रे
तोड़ रिश्तों का बन्धन अब
अपनी नगरिया जाये रे
ये पिंजरे का बन्धन
अब बांध ना पाये रे
मन का पंछी उड़ जाये रे।।

134) दूर चले जायेंगे हम

दूर चले जाऐंगे हम दुनियां से तेरी
पर प्यार तो करेंगे हम तुमसे ओ सनम।।
इकरार तो करेंगे हम तुमसे ओ सनम।।
दूर ....तेरी।।
पर याद तो करेंगे हम तुमको ऐ सनम
दूर चले जायेंगे हम दुनियां से तेरी।।
याद तो आएंगे हम तुमको भी सनम
जब दूर चले जाएंगे हम तुमसे ओ सनम।।
दूर ....तेरी।।
नींद ना आएगी जब तुमको ओ सनम
तब याद हमें तुम करना ओ सनम।।
दूर ....तेरी।।
पर प्यार तो करेंगे हम तुमसे ओ सनम
याद तो आती होगी तुमको भी मेरी
पर दिल ही दिल हमें प्यार करना ओ सनम।।
दूर ....तेरी।।
पर प्यार तो करेंगे हम तुमसे ओ सनम।।

135) मैं एक मुसाफ़िर हूं

मैं एक मुसाफ़िर हूं दिल एक मुसाफ़िर है
ना मेरी मंजिल है ना मेरा ठिकाना है
मैं एक मुसाफ़िर हूं दिल एक मुसाफ़िर है
जज़्बा एक दिल में है मंजिल को पाना है
दुनियां का क्या कहना बस आना जाना है
मैं एक मुसाफ़िर हूं दिल एक मुसाफ़िर है
ना मेरी मंजिल। है ना मेरा ठिकाना है
जख्मों को अब सी ले थोड़ा सा ग़म पी लें
जीवन अब थोड़ा थोड़ा सा अब जी लें
मैं एक मुसाफ़िर हूं दिल एक मुसाफ़िर है
ना मेरी मंजिल है ना मेरा ठिकाना है
दिल इक बेचारा आवारा ग़म से हारा
सम्भले तो अब कैसे ना कोई सहारा
मैं एक मुसाफ़िर हूं दिल एक मुसाफ़िर
ना। मंजिल है ना मेरा ठिकाना है
मैं एक मुसाफ़िर हूं दिल एक मुसाफ़िर है।।

136) दिल मेरा इक कच्चा शीशा

दिल मेरा है इक कच्चा शीशा
दिल में रहता है दिलबर मेरा

टूट गया गर् शीशा- दिल तो
ग़म नहीं, पर ग़म है कुछ ऐसा

दिल- शीशे में दिलबर रहता
चोट लगे ओ ओ दिलबर को

जान निकल जाती है दिल से
आह निकलती है जो दिल से

दिल का मालिक दिल- शीशा
पिघला कब ना जाने – मन ये

पीर पराई, पर दिल अपना है
ख़ुद से ज्यादा भाता दिलबर

कैसे समझाये नादां दिल को
सुध अपनी खो ले दिलजाना

अपना दिल फिर अपना दिल
शीशा हो या दिल अपना फिर

टूट गया तो बिखर गया सब
जीवन आना – जाना है बस

कैसे अब समझाऊं दिल को
सम्भल जरा ओ सम्भल जरा

दिल मेरा है इक कच्चा शीशा
ठेस लगी और टूट गया फिर

नादां है दिल अपना हो कर
अपनों का ग़म सह नहीं पाता

दिल मेरा है इक कच्चा शीशा
कच्चा शीशा कच्चा शीशा।।

137) सितम तुम्हारे प्यार में

सितम तुम्हारे प्यार में सहते रहे जो हम
फ़िजा बदल गयी राहे – खिज़ा के वास्ते
हो गये रास्ते अलग क्यों मेरे नदीम अब
कहते थे रस्मे निभायेंगे कसमें निभायेंगे
ग़म आये जो तेरे राहें वफ़ा-ए-प्यार में
हर सूं बिछायेंगे राहों में नजरें वितान सी
आये जो ख़ार भी दरमियां इस प्यार में
ख़ुशी – ख़ुशी अपनी पलकों से उठायेंगे
जफ़ा वफ़ा है क्या तुमको सिखाएंगे हम
जिस्मों का ये महल खण्डहर हो जायेगा
काहे सुने आहत चाहत में ये उदासियां
रूहानी इश्क है फिर रस्में निभाना क्या
गर् मौत भी मिले मिलकर ख़ुशी से जाये
कह दे जा मैंने तुझे छोड़ा प्यार के वास्ते
क्यों आंसू बहाना लख बहाने बना -बना
सितम तुम्हारे प्यार में सहते रहे जो हम।।

138) दिया जले

रात के मद्धिम अंधेरे दूर करने को जले
दिया जले होले – होले दिया जले
लहलहाती हवा के संग दीपक जले
दिवा जले होले – होले दिया जले
जग अंधेरी रात संग दीपक जले
दिवा जले होले होले दिया जले
रख खुद को अंधेरे में दिल क्यूं जले
रात की तन्हाइयों में दिल को यूं छले
दिवा जले जले होले होले दिया जले
कर उजाले गेर के घर तूं क्यूं अपने को छले
रौशनी गैरों की कब दीपक तले तम को हरे
दीपक बना है औरों के जो जीवन को रोशन करे
रात में मद्धिम अंधेरे दूर करने को जले
दिवा जले होले होले दिया जले दिया।।

139) ऐसा क्यूं होता है?

जाने ऐसा क्यूं होता है?
जब मैं अपने से जुदा होता हूं

तन्हा-तन्हा मैं क्यूं होता हूं?
जाने ऐसा क्यूं होता है?

जब मैं अपनों से जुदा होता हूं।
एक अजनबी सा डर लगता है

जब मैं अपनों से जुदा होता हूं।
मेरे अपने नहीं लगते अपने

जब मैं अपनो को
बेगाना-सा लगता हूं।

ऐसा क्यूं होता है?
मेरी तन्हाई ओर की तन्हाई में

फर्क इतना सा मगर होता है
लोग तन्हाई में अकेले होते हैं

मैं महफ़िल में अकेला होता हूं
जाने ऐसा क्यूं होता है?

दर्द बढ़ता है दर्दे दुआ करने से
फिर दर्दे-दवा की परवाह क्यूं है
जाने ऐसा क्यूं होता है?

मैं करता हूं मुहब्बत जिससे वो
क्यूं नफ़रत करता है मुझसे?

जाने ऐसा क्यूं होता है?
जाम-ए-महफ़िल में होके शामिल
मैं बेनशा क्यूं होता हूं?

जाने ऐसा क्यूं होता है?
जब मैं अपने से जुड़ा होता हूं
तन्हा-तन्हा मैं क्यूं होता हूं?
जाने ऐसा क्यूं होता है?

140) मेरे महबूब की आँखों में

मेरी महोब्बत को ना परखो ऐ नाजनीनो-2
लग ना जाए इसको अब तुम्हारी ये नज़र।।
मेरे महबूब की आँखों में
उतर आया है प्यार मेरा
अब ललचाई आँखे से
ना देखो-2 प्यार मेरा
लग ना जाये तीरे-निशां
कुछ तो सोचो समझो
मासूम है दिलदार मेरा
भरी महफ़िल में
लाचार है दिलदार मेरा
दुनियां वालों कुछ तो
कर लो एतबार मेरा
मत चीरो नज़र से तुम
मासूम है प्यार मेरा
कत्ल करना है तो
कर दो मुझको, नही
गुनहगार है यार मेरा
मेरे महबूब की आंखों में
उतर आया है प्यार मेरा।।

141) सावण आयो झूम के

सावण आयो झूम कै अंखियां बरषण लागी म्हारी
नैणा सूं बरषण लाग्यो ज्यों दरया रो पाणी।

प्रितमड़ा तूं दूर जाके भूल गयो क्यों प्रेम री वाणी।।
सावण आयो झूम कै अंखियां बरषण लागी म्हारी 1
हिवड़ो धड़-धड़ धड़कन लाग्यो फाटे ली ज्यूं छाती म्हारी
मिळणे और बिछडन रो आयो है क्यूं दुःखडो भारी
प्रितमड़ा तूं आ समझा जा हिरदे ने हिरदे री वाणी
सावण आयो झूम कैअंखियां लागी म्हारी 2
नीर टप-टप तपकण लाग्यो भीजी है छाती म्हारी
मिळणे रा दिन कद फिर आसी आस लगायो है ज्यों स्वाति
प्रितमड़ा तूं जल्दी आजा आके जला दे प्रेम री बाती
सावण आयो झूम कै अंखियां बरषण लागी म्हारी।।

142) तुम्हारी आँखों में

बहुत है तपिस सीने में
बारिश है तुम्हारी आंखो में
रंजोगम है हमारे सीने में
प्यार है तुम्हारी आंखो में
जलता है मेरा ये जिगर
ठण्डक है तुम्हारी आंखो में
पत्थर है ये दिल जो मेरा
पिघला है तुम्हारी आँखों में

अब ना रह पाऊंगा दूर तुझसे
पाया है प्यार तुम्हारी आंखो में
सीने में है जलन मेरे
तूफ़ान है तुम्हारी आँखों में
अंदर तपिस बाहर तपिस
नमी बसी है तुम्हारी आंखो में
किस बात की है कमी जो
छायी नमी तुम्हारी आंखो में।।

143) ओ मेरे यार

तूं सुन पुकार ओ मेरे यार
ये छोटी सी जिंदगी है
बस कर ले तूं इससे से प्यार
ओ मेरे यार ओ मेरे यार सुन पुकार
मरना नहीं है तुझको नाज़
करना है तो कर जिंदगी से प्यार
ओ मेरे यार ओ मेरे यार सुन पुकार
मिली है तुझको जिंदगी जीवन संवार
तूं करले कम से कम खुद से प्यार
ओ मेरे यार सुन पुकार
जला ना दिल मत बिलबिला
कर दे तूं दुखों को दरकिनार
ओ मेरे यार सुन पुकार
घबरा ना तूं गमे जिंदगी से यूं

करना हो तो कर जिंदगी से

तूं इतना प्यार

घबरा के जिंदगी से

दुःख हो दरकिनार ओ मेरे यार

कर जिंदगी से तूं इतना प्यार

ओ मेरे यार

कर जिंदगी से तूं इतना प्यार

ओ मेरे यार ओ मेरे यार

करना हो तो कर मुझसे प्यार

ओ मेरे यार ओ मेरे यार

घबरा ना यूं मरने पहले

कुछ करने से पहले

मरना नहीं जीने से पहले

गम जिंदगी के भुला

अब मुझको ना रुला

जीना है जिंदगी को

जी ले प्यार से यार

ओ मेरे यार ओ मेरे यार

कर ले जिंदगी से अब तूं

बेशुमार प्यार ओ मेरे यार -2

सुन पुकार

छोटी सी जिंदगी है प्यार में गुजार

ओ मेरे यार सुन पुकार ओ मेरे यार

ओ मेरे यार सुन पुकार।।

144) हाँ बड़े जज़्बाती हैं हम

हां बडे जज़्बाती हैं हम
क्योंकि भारतवासी है हम

ईद मनाया होली मनाई
और गये सब भूल
हां बडे जज्बाती हैं हम

क्योंकि भारतवासी है हम
हिन्द देश का प्यारा झंडा

ऊंचा रहे सदा गाते है हम
मनाया स्वतन्त्रता दिवस

और मनाकर भूल गए हम
हां बडे जज़्बाती हैं हम
क्योंकि भारतवासी हैं हम
रोज यहां होते त्योंहार

रखे तो कैसे हम याद
इक जाता दूजा आ जाता
कैसे ना भूलें हम
हां बडे जज़्बाती है हम
क्योंकि भारतवासी हैं हम।।

145) सावन के महीने में

सावन के महीने में
रिमझिम ये बरसे बरखा का पानी।।

गौरी की पायल की
छमछम ये आवाज़ किसको बुलाती बता।।

भीगा बदन है
चोली भी तंग है जवानी का रंग है रंग में उमंग है।।

गौरी की पायल की छमछम
ये आवाज़ किसको बुलाती बता।।

अंगड़ाई लेकर
ये गोरा बदन किसको दिखती बता।।

सावन के महीने में किसको बुलाती बता।।

प्रियतम की चाह में अंग को डुलाती है
छमछम पायल की ये आवाज़ किसको सुनाती बता।।

सावन के महीने में
रिमझिम ये बरसे बरखा का पानी

गौरी की पायल की छमछम
ये आवाज़ किसको बुलाती बता।।

गोरा बदन है दिल मे उमंग है प्रीतम का संग है
सावन की रिमझिम है पायल की छमछम है

साजन को रिझाने
गोरी भी आकुल है मन भी व्याकुल है।।

सावन के महीने में
रिमझिम ये बरसे बरखा का पानी।।

146) कजरारे नैनोवाली

कजरारे नैनों वाली बता दे
दिल आशना हुआ है किससे

आँखों के आस्तां से कोई
आन बसा है खान-ए-दिल में

कौन है वो हमसफ़र
ढूंढती जिसको नज़र

कजरारे नैनो वाली बता दे
कौन भाया इस क़दर

लब से ना बतलाओ तो
आँखों से समझा दो हमको

पैकर बसी है किसकी नज़र में
नजरों में दिखला दो हमको

कजरारे नैनो वाली बता दे
याद किसकी सताती तुम्हें

शब-ए-सहर आँखों में रहती
तस्वीर किसकी है हरदम

दिल आशना हुआ है किससे
ये बतलादे जाने जां

कजरारे नैनो वाली बता दे
दिल आशना हुआ है किससे।।

147) ख़्वाब

मैंने देखा था इक ख़्वाब मगर
आँख लगने लगी उसमें मेरी
हर हक़ीक़त बनने लगा ख़्वाब
जब लेने लगा मैं ख़्वाब ही ख़्वाब।।
तन्द्रा टूटी-2 जबी मेरी
हक़ीक़त कुछ और बयां करती थी
जिंदगी में-2 चलना था
हकीकत के इशारों पर-2
मैंने समझा था तब
ख़्वाब होते नहीं सब पूरे-2
अब जिन्दगी का रुख मैंने पहचाना
बदली दुनियां मेरी-2
बदला ख़्वाब का रुख अनजाना
जीना सीखा है अब मैंने-2
जिन्दगी की हकीकत के सहारे
ख़्वाब का सिलसिला-2
हकीकत के दायरे में अब ढला
मैंने देखा इक ख़्वाब मगर।।

148) ग़ज़ल/गीतिका

मत पूछ सवाल ऐ जमाने

मत पूछ सवाल ऐ जमाने क्या हमारे दिल में है
वक्त आने पर बता देंगे, क्या हमारे दिल में है

देख बाहर की चकाचौंध, ना ये कयास लगा
मत पूछ सवाल ऐ जमाने क्या हमारे दिल में है

वक्त गुजरा है जमाने तुझे समझने को बहुत
अब ना झुकेगा जमाने सज़दे में तेरे ये सर

मत पूछ सवाल ऐ जमाने क्या हमारे दिल में है
मयस्सर ना मुझको हो चाहे अब तेरा ये दर

मैं झुका हूं बहुत तेरे सम्मान में हरक्षण हरदम
मत पूछ सवाल ऐ जमाने क्या हमारे दिल में है

मुझको मिला क्या, क्या नहीं अब मुझे नही ये ग़म
तेरी चौखट से कई बार निकला हो बेदम

मत पूछ सवाल ऐ जमाने क्या हमारे दिल में है
मैंने शिकवा-शिकायत नहीं की तुमसे है ये क्या कम

दौलतों के तराजू में तोले ग़म है ये क्या कम
मत पूछ सवाल ऐ जमाने क्या हमारे दिल में है

आज क्यूं बोखलाहट है तेरे दौलते-समंदर
सागर से तेरे दिल में है क्यूं आज इतनी हलचल
मत पूछ सवाल ऐ जमाने क्या हमारे दिल में है

बैचेन है आज क्यूं, तूं ओरों को यूं बेकरार कर
वो तेरे दिल का करार आज यूं ना बेकार कर
मत पूछ सवाल ऐ जमाने क्या हमारे दिल में है

हो सके तो अपने को तूं इस ग़म-सागर से पार कर
मुझसे मिलना है तो आँखे मुझसे दो-चार कर
मत पूछ सवाल ऐ जमाने क्या हमारे दिल में है

क्यूं घबराहट है मिलने में छिपके यूं वार ना कर
अब है आगाज़ हिम्मत है तो आर-पार कर
मत पूछ सवाल ऐ जमाने क्या हमारे दिल में है
वक्त आने पर बता देंगे, क्या हमारे दिल में है।।

149) रूह का साथ अगर हो

रूह का साथ अगर हो तो रिश्ते बोझ नहीं बनते

लोग ख़ुद बनते अपने अपना बनाने से नहीं बनते

रूह का साथ अगर हो तो रिश्ते बोझ नहीं बनते

दिल लगाया है अगर तुमने तो प्रेम रोग नहीं बनते

रूह का साथ अगर हो तो रिश्ते बोझ नहीं बनते

साथ हो या ना हो, दर्दे दिल की दवा नहीं बनते

रूह का साथ अगर हो तो रिश्ते बोझ नहीं बनते

लाख कर लो कोशिश, रिश्ते बनाने से नहीं बनते

रूह का साथ अगर हो तो रिश्ते बोझ नहीं बनते

रूह-पंजर है बडा ज़ालिम वरना सोज़ नहीं बनते

रूह का साथ अगर हो तो रिश्ते बोझ नहीं बनते

इश्क़ रोग है वरना इश्क में झगड़े रोज नहीं बनते

रूह का साथ अगर हो तो रिश्ते बोझ नहीं बनते

कहकशां शामोशहर दिल में अंधेरे रोज नहीं बनते

रूह का साथ अगर हो तो रिश्ते बोझ नहीं बनते

जलाले गर दिया दिल का अंधेरे-दोपहर नहीं बनते

रूह का साथ अगर हो तो रिश्ते बोझ नहीं बनते

150) हम तो बहके हुए ख़्वाब हैं

हम तो बहके हुए रातों के ख़्वाब है

क्या रखेंगे ख़्याल अपना जो आप हैं

दिल में उठता है धुवां या ये भाप हैं

हम तो बहके हुए रातों के ख़्वाब हैं

ना ठिकाना कोई एक, जो ख़्वाब हैं

हम तो बहके हुए रातों के ख़्वाब हैं

बन्द आँखों से देखे रातों के ख़्वाब हैं

दिन-उजालों में काफ़ूर वो ख़्वाब हैं

हम तो बहके हुए रातों के ख़्वाब हैं

होते नहीं जो पूरे अधूरे वो ख़्वाब हैं

क्या रखेंगे ख़्याल अपना जो आप हैं

हम तो बहके हुए रातों के ख्वाब हैं।।

151) ग़ज़ल

आँखों के आंसुओं से दामन भिगो लिये
हम तो यूं कुछ दूर ही टहलने चले गये।।
करिश्मा देख मुहब्बत के जूनून का
कल के पत्थरदिल आज पिघल गए
कल जिंदगी से मुलाक़ात के आसार बन गये
आया हवा का झौंका प्रेम-बादल बिखर गये।।
तक़दीर में साहिल कब अपने नशीब में
मझधार में नैया डुबोकर चले गये।।
मत पूछ आंसुओं की कीमत ऐ 'मधुप'
जालिमों ने पर तितलियों के कतर दिए।।
रोज जो मिलकर हमसे इठला के हंस दिए
आज जाने महफ़िल से किस ओर चल दिए।।
फ़ितरत उनकी थी कुछ अजीब सी
लेकिन आज वो कुछ कुछ बदल गये।।

152) प्यार किया तो डरना क्या

प्यार करना गुनाह नही है
फिर डरते क्यूं हो जमाने से
ज़ख्म देके करते दिल घायल
हां मदहोश करती है पायल।।

तेरी पायल बजी जो छमछम
प्यार के तार बजे है हमदम
करते है जो दिल को घायल
बजे जब-जब तेरी पायल-2

जमाना गुजर गया जो आता नही दुबारा
हां आता नही दोबारा आता नही दोबारा
प्यार किया तो फिर डरना क्या क्योंकि
दिल एकबार ही लगता है बार-बार नहीं

चोरी छुपे गर प्यार किया तो क्या किया
डरते रहे खुद-खुद से फिर खुदगर्ज बने
फिर प्यार का क्यों चुपके-इज़हार किया
फिर महोब्बत की क्यूं झूठी कहानी गढ़ी

रोते है दिल लगा के दिलबर- दिलबर
दिलरुबा-दिल लगा कर भुला -पलभर
महबूब-बन-मजनूं-सा खा ठोकरे दर-दर

ना बने लैला- लैला तेरे प्यार में पलभर

कहते है जन्मों का है नाता-हमारा
बहलाने दिल-खिलौना महज़ समझ
खेला-खेल और फिर बेकार समझ
फेंका इस क़दर-बेकदर-कर दरदर

जमाने से डर ना कर मुहब्बत अब
करना है तो दिल से मुहब्बत कर
करना है अल्फाज़ो को साबित कर
और कह प्यार किया तो डरना क्या।।

153) हिज्र की रात है

हिज्र की रात है और यादें तेरी
गिन-गिन तारे अब बीते ना रातें
अब कर रहमत इतनी मुझपर
मेरे दिल से निकल जा ज़ालिम
या मुहब्बत को सज़दा कर आजा
हिज्र की रात है उस पर तेरी यादें
जीने देती है ना मरने मुझको
आ पिला जा निगाहें-रूहअफजा
या पिया जा मुझको विष-प्याला
उतरा नही कई रोज-मुख-निवाला
क्या तेरे दिल-रहम अब नही है

कहने कोही दिलदार तुझे कहते हैं
दिलवाले यूंही मुझपे वहम करते है
शायद यूहीं दिलवाला मुझे कहते हैं
हिज्र की रात है और यादें तेरी
गिन-गिन तारे अब बीते ना रातें।।

154) कर-ना मुहब्बत इस जहां में

कर-ना मुहब्बत इस जहां में
कर-ना मुहब्बत इस जहां में
अज़नबी लोग है इस यहां में
ग़मे उल्फ़त का दम भरते हैं
कहते प्यार को प्यार ही हैं
करते है गुनाह छुपकर ऐसे
तीर लग जाये तो वो तीर है
वरना छायी तीरगी जीवन में
तिलिस्म करते तीरे नजरों से
घायल है आखिर दिल ही है
खेल नजरों का कहे या फिर
यह खेल समय का फेर है
दिल को खोकर ही पाया है
अपना दिल फिर पराया है
ना, कर मुहब्बत इस जहां में
ना कर, मुहब्बत इस जहां में।।

155) तुम उदास हो चेहरे पे फिर उजास है

तुम उदास हो चेहरे पे फिर उजास है
ग़म छुपाते हो दिल ये फिर उदास है
कहते हो शायरी में ग़म कुछ खास है
ग़म को करे दूर मगर दूर जो ख़ास है
लगाये हुए हो आस, आस उदास है
कहते नही जुबा से जो प्यार खास है
देखो जो मेरी आंखों में चमक आज है
पता है रोशन नही चमकती-आंख है
नम आँखों में छुपी ग़म-नमी आज है
दोनों का ग़म एक मजबूरी संगसाथ है
तुम उदास हो चेहरे पे फिर उजास है
ग़म छुपाते हो दिल ये फिर उदास है।।

156) नजरें करम

सफ़र जिंदगी का सुहाना हो कैसे
नजरें करम हो अब हम पे कैसे

रूहानी ग़ज़ल है रूहानी सफ़र है
हक़ीक़त बने अब हर ख़्वाब कैसे

आना कभी आना कभी मेरी गली
अरमां है पाले दिल-मेहमान जैसे

आते कभी हैं और जाते कभी हैं
दिल का नहीं अब कोई ठिकाना

जाता इधर कभी जाता उधर हैं
बनता है मजनूं बनता है जोकर

होता नहीं है किसी का ये नोकर
खाता है ठोकर होकर ये अपना

सफ़र जिंदगी का सुहाना हो कैसे
नजरे करम हो अब हम पे कैसे

मासूम बनकर लूटा जो हम को
कैसे भुला दे उस ग़म को ऐसे

आती है ख़ुशबू गुलशन से तेरे
महका दो जीवन-गुलशन को मेरे

सफ़र जिंदगी का सुहाना हो कैसे
नजरें करम हो अब हम पे कैसे।।

157) कैसे भूल जाऊं

कैसे भूल जाऊं अपने दिल की आवाज़
दिल को कैसे समझाऊं दिल की बात
कैसे भूल जाऊं ....

कैसे मैं मर जाऊं, झूठी शान के लिए
घुट-घुट के ना मर जाऊं शान के लिए
कैसे भूल जाऊं ....

भूलूं अब कैसे संग-संग बीती वो रैना
तुम बिन आये ना अब दिल को चैना
कैसे भूल जाऊं ....

दिल क्यूं जलाऊं ग़म की अगन में
लागी लगन तोसे दिल क्यूं जलाऊं मैं
कैसे भूल जाऊं............

कैसे दिलाऊं अब दिल को दिलाशा
यादों को तेरी अब दिल से लगा कर
कैसे भूल जाऊं.............

झूठी है शान अपनी जीवन की शाम
मैंने तो कर दी बस जिंदगानी तेरे नाम

कैसे भूल जाऊं...........

158) कब तलक

स्वारथ के वशीभूत होकर आज मानव

मौत का ताण्डव सहेगा कब तलक

मानव मानव से झगड़ेगा कब तलक

मौत का ताण्डव रचेगा कब तलक

मन बिलबिला कर रो उठा है तेरी खातिर

आ भी जा अब दूर रहोगे कब तलक

मावस अंधेरी घेर लेती है निशा को

कौन जाने जिंदगी है कब तलक

रोकती है मुझको उसकी सदाऐं आज भी

सुनी ना, तो फिर मिलेंगे कब तलक

प्यार का घरौंदा है कच्ची मिट्टी का घड़ा

जमाने की ठोकरों से बचायेगा कब तलक

मैं तुम्हारी साजिसों को जानता हूं

मुझसे छुपाओगे कब तलक

रात को सूरज ना निकलेगा मगर

चांद उजियारा फैलायेगा कब तलक

देश का शासन तुम्हारे हाथ है आखिर

गरीबों को रुलाओगे कब तलक

रोक लो आंखो के आंसू आर्तजन के

अंतर्मन से आखिर बहेंगे कब तलक

सांवली सूरत भा गयी आज मेरे मन को

रोक पाओगे आखिर कब तलक

देखता है क्यों आंखे फाड़कर फलक पर

चांद उरत आएगा जमीं पर कब तलक

चित्र-विचित्र सी सारियों में नारियां है

महफ़िल में पहचानोगे कब तलक

ऐ खुदा तेरी खुदाई को देखता हूं मगर

आयेगा आसमां से उतर कर कब तलक

मजबूर कर दे प्यार तो प्यार चलेगा कब तलक

मुफ़लिसी फ़ाकापरस्ती छोड़कर

गैर के साये में खायेगा कब तलक

देख ले तक़दीर तेरी सांवली है सोच ले

गैरों के घर दीपक जलाएगा कब तलक

मत जा मायाजाल में फंसकर भंवर में

डूबती नैया बचाकर लाएगा कब तलक

जान जोखिम में डालकर कौन

किसको बचायेगा कब तलक

कब तलक दिल में महसूस किया करें

अब दूरियां प्यार में सहेगा कब तलक

भटकती आत्माऐं आती है अक्सर रात में

तसव्वुर में डराएंगी आखिर कब तलक।।

159) आसमां में सर अब उठा चाहिए

जिंदगी को अब विराम चाहिए
आदमी को अब आराम चाहिए
क़शमक़श जिंदगी में बहुत है
हल करने को हमराह चाहिए।।
जीवन की कश्ती को पतवार चाहिए
डूबने वाले को तो मझधार चाहिए
करले कोशिश एकबार फिर दिल से
साहिल को तिनके का सहारा चाहिए।।
मगरूर दिल को अहंकार चाहिए
दिल चाहता, गैर-इकरार चाहिए
मकां अपना है होने को खण्डर
गैर के दिल में बवंडर चाहिए।।
मसनद का भला आराम चाहिए
प्यारा सा आँखों-पैगाम चाहिए
नस-नस में नशा छाया है अब
उल्फ़त का खुला पैगाम चाहिए।।
मैल मन का अब धुलना चाहिए
रंग प्यार का अब घुलना चाहिए
शक़्ल मालूम ना हो इकदूजे की
आईना भी अब झूमना चाहिए।।
खत्ताओं का नही हिसाब चाहिए
चेहरे पर नहीं हिज़ाब चाहिए
जरा दिल से पर्दा उठा देखिए

सुहाना खुला दिलआसमां चाहिए।।
मुझे अब ना दिल का ख़ुदा चाहिए
मैं पत्थर हूं भला किसका चाहिए
जिंदगी की अब चाहत है किसको
नाहक़ ख़ुदी को अब क्या चाहिए।।
बेसहारा नहीं जो आसरा चाहिए
सहारा किसी का अब क्यूं चाहिए
बैशाखियाँ कब तक निभाएगी साथ
आसमां में सर अब उठा चाहिए।।

160) ये दिल हुआ ना कभी अपना

ये दिल हुआ ना कभी अपना

हुआ पराया होकर भी अपना

खायी ज़ालिम जमाने की ठोकर

दर-दर डर-डर आपा खो कर

ये दिल की लगी है नही दिल्लगी

मंजर इश्क-ए-तूफां कब रुकेगा

निगाहों से आकर दिल में बसी

फिर भी आँखों में नमी सी है

ना जाने दिल में कमी सी है

ख्यालों में अब क्यूं बसी सी है

ये दिल हुआ ना कभी पराया

हुआ पराया होकर भी अपना।।

दर्द हुआ ऐसा सीने में जैसे ख़ंजर

दिल चीर के देख ले मेरा -अपना

ये दिल हुआ ना कभी अपना

हुआ पराया होकर भी अपना।।

161) चलना थोड़ी दूर था

चलना थोड़ी दूर था
उसमे ही क़दम लड़खड़ा गये
फिर क्या जिंदगीभर
साथ निभाओगे तुम
याद करके वो वादे
और कसमे हमनशीं
कभी तुम पे तो कभी
खुद पे आती हँसी
इब्तिदा-ए-इश्क में खायी थी
कसमे संग जीने मरने की
आज क़दम दो चलना
साथ में गवारा नहीं
तुम्हारे शिद्दत-ए-इश्क को
समझूं क्या
सिर्फ जिस्म तुष्टि का बहाना कोई
चलना थोड़ी दूर था
वरना संग चलना तुम्हारे क्या
दौड़े आते तुम्हारी इक सदा पे हम
यूँ राहे इश्क में संग जीते और मरते हम
यूँ तुम्हारी तरहा रुकने का ना करते बहाना
चलना थोड़ी दूर था
उसमें ही क़दम लड़खड़ा गये
चलना थोड़ी दूर था चलना थोड़ी दूर था।।

162) बीमार

मै तेरे प्यार का बीमार हूँ
ऐ जाने जिगर।
तेरे प्यार की हर स्वांस से
जिन्दा हूँ मगर।
रफ़्ता-रफ़्ता ये जिंदगी मेरी
चलने लगी किस ऑर
ये ना जान सका प्यार में
तेरे ऐ जाने जिगर
प्यार जिन्दा है जिससे
ऐ जाने जिगर
दिल का दिल से है
नाता बडा प्यारा
मै तेरे प्यार का बीमार हूँ
ऐ जाने जिगर
तेरा मेरा ये रिश्ता है
कितना पुराना
मेरी जिंदगी के वीराने
इस गुलशन में
गुलबदन तेरी ही खुशबू
की महक आती है
तेरे गुल-ए-बदन से
महके मेरा जीवन
दिल के हर फूल की खुशबू

से वाकिफ़ है दिल मेरा
तूं क्यों सोचती है तेरे बिन
जी पायेंगे हम
अब तो मौत भी न आएगी
तेरे बिन मुझको
मै तेरे प्यार का बीमार हूँ
ऐ जाने जिगर।।

163) मैं बहुत साद हूं

मैं बहुत साद हूं तेरी बेखुदी से
तूं है मेरी उम्मीदो का राज़

मैं बहुत साद हूं तेरी बेखुदी से
मैं बहुत साद हूं मैं बहुत साद हूं

जुल्मी तेरे जुल्मों – सितम से
मैं बहुत साद हूं मैं बहुत साद हूं

चाहा बहुत है तुझको बहुत
तूं रहा अनजान मेरे रहगुजर से

मैं बहुत साद हूं मैं बहुत साद हूं
अपनी गमी ना गमगीन हूं मैं

तेरी ख़ुशी अब मेरी ख़ुशी है
ग़म मेरा ना कम कोई बात नहीं

तेरे दिल का जो अरमान हूं मैं
तेरी ख़ुशी में अब मेरी ख़ुशी है

मुझे ख़ुशी है जो कम कर सकूं
ग़म जो तेरा मैं बहुत साद हूं

हां मैं बहुत साद हूं मैं बहुत साद हूं
मेरे ग़म तूं अंजान है मुझको ख़ुशी

इस बात की है मैं बहुत साद हूं हां
मैं बहुत साद हूं मैं बहुत साद हूं

तेरी बेख़ुदी से मैं बहुत साद हूं हां
मैं बहुत साद हूं मैं बहुत साद हूं।।

164) फ़जल

फ़जल उनकी क्या असर कर गयी
मेरी ग़ज़ल जो ग़ज़ल बन गयी
सफ़ीना प्यार का उतारा किनारे
फिर मांझी न जाने कहां खो गयी
चाहा था बहुत चाहने वालों ने उनको
हमारी अदा क्या असर कर गयी
न सोचा था हमनें ऐसा भी होगा
जिंदगी कैसे सफ़र बन गयी
न जाने सफ़र में हमसफ़र बनकर
साथ हमारे वो कब हो गयी
आँखे हैं उनकी पयमाने मय के
उनकी नज़र कब असर कर गयी
यूं तो कभी हम पीते नहीं हैं मगर वो
ज़ाम-ए-नज़र से पिलाये तो क्या करें
ऐ वक्त ज़रा जीने दे मुझको
पयमाने मय के पीने दे मुझको
फजल उनकी क्या असर कर गयी
मेरी ग़ज़ल जो ग़ज़ल बन गयी।।

165) तेरी आँखों के इशारे

जानेमन तेरी आँखों के इशारे ही बहुत है
हमें अब मय पीने की जरूरत क्या है।।

जो नशा तेरी मदमस्त निगाहों में है
वो नशा शराब में है ना पैमानों में है।।

ये तेरी नजरों के बैखोफ इशारे हैं
जो मेरा दिल चीर के चले जाते हैं।।

तेरी तीरे नज़र मुझको करती घायल
उस पे तेरी ये छमछम करती पायल।।

जान मेरी ये लेकर जायेगी
जान मुझसे दूर रह पायेगी।।

मुझको ना अब है हूर की चाहत
दूर रहकर ना करो मुझको आहत।।

तेरे गेसू के घने साए में जीकर
तेरी आँखों से मय मैं पीकर।।

तेरी आँखों में अक्स अपना देखूं
पी कर नजरों से झूमकर देखूं।।

हो इजाज़त तो तेरे प्यार के साए में जी लूं
तेरी इन मदभरी आँखों के पैमानों से पी लूं।।

जो नशा तेरी इन मदभरी आँखों में है
वो नशा शराब में है ना पैमानों में है।।

166) कव्वाली

जीना हुआ दुस्वार यारां
मौत भी ना आयी

जीना बडा है मुश्किल-2
मरना भी है ना आसां

बर्बाद-ए-जिंदगी करके
तुमने किया किनारा

जीना हुआ है मुश्किल-2
मौत भी ना आये हाये !

तुमने तो जिंदगी जी ली
हम पे ये मौत छायी ओ यारां

अब तूं ही बता कैसे जीयें
ये मौत न बाज आये

जीना किया है मुश्किल
मरना भी दुस्वार यारां

जीना हुआ दुस्वार यारा
मौत भी ना आयी।।

167) मुक्तक

महनीय भाषा हिंदी जैसे माथे औरत बिंदी
शोभनीय राष्ट्रभाषा जैसे माथे औरत बिंदी
भाल-ललाम करता है शोभित कहते हिंदी
शुभदिन आया जैसे सौभाग्य औरत बिंदी

तेरे इस पारदर्शी वस्त्र की भांति तेरा दिल होता
फिर महफ़िल में ये हमसे खूबसूरत गुनाह होता
ना होता बेपनाह आशिक होता पाकसाफ़-दिल
रख दिल पाकसाफ़ ना ये होता आशिकबेपनाह
ना होता इश्क-दस्तूर बदस्तूर ये दिल जवां होता।।

वो दस्तक देकर दिल पर चली गयी
कर दिल- दरवाजा खुला चली गयी
अब कौन आता है इस दर-ए-दिल मे
बर्बाद कर आहट उनकी चली गयी।।

आगंतुक वर्ष इंतजार कर रहा देहरी पर तेरी देख
क्यों अनमना – अनजान बना देहरी पर तेरी देख
आनेवाला आ रहा जानेवाला तीरे-तीरे धीरे- धीरे
विगत-विसार-स्वागत कर आगत देहरी तेरी देख।

जिंदगी जिंदगी मौत से ज्यादा अहम नही जिंदगी
साकी और शराब दोनों साथ-2वहम नहीं जिंदगी
पीना तो पीना है यारों अब तो जीना नहीं है बाकी
शराब पिलाती है साकी मौत बनती नहीं जिंदगी।।

तुम्हारी याद में पीने लगे हैं
पी पी के अब जीने लगे हैं
आती नहीं कमबख़्त मौत
ग़म भी धीरेधीरे सीने लगे हैं।।

रात की तन्हाइयों में मुझको गुनगुनाया कीजिये
तन्हा ना समझ स्वप्न- संग- मेरे सजाया कीजिये
हाथ कंगन होंगे इक दिन मेरे – नाम के हाथ तेरे
आंख-बादल बिन मौसम बरसाया ना कीजिये

लोग कहते हैं हमको राज करना नहीं आया
लोग कहते हैं हमको काज करना नहीं आया
नादां हैं वो जिनको रास आया नहीं राजकाज
हमने तो दिलों पर किया राज तुम्हें नही आया।।

समागम होगा हिंदी-हिन्द-दीवानों का
स्व- स्वागत होगा आगत महमानों का
जिस क्षण का इंतजार कर रहे थे हम
क्षण आ पहुंचा हिंदी-हिन्द-दीवानो का।।

यूं इठलाकर अठखेलियां ना कर कुछ तो रहम कर
बीती जा रही है जवानी इसकी रवानी पर रहम कर
इबादत-इश्क छुपाकर कर कर- ना दूसरों पर वहम
मातहत को इस क़दर आंशिक बना आदत ना कर।।

भोग और भोजन से पहले अब नुमाइश होने लगी है
रस्मो – रिवाज ख़त्म छुपाने का नुमाइश होने लगी है
ख़त्म होने लगा शुकुं जो कभी पर्दे-पीछे था लाज़मी
आज क्षण-सुख कण-सुख बना नुमाइश होने लगी है।

लोग समझते हैं तख़्तोताज के बगैर राजा राजा नहीं होता
बिन-ताज-राज-काज कौन कहता है राजा राजा नहीं होता
गलतफहमी पाल रखी है लोगो ने छोटे से दिमाग़ में अपने
राजा महल का हो या जंगल का राजा तो राजा ही होता है।।

वक्त ऐसा आ गया है कर भला तो हो बुरा
फिर कोई कैसे करे जब भला करे हो बुरा
बुरा रोके कैसे अब कान जिनके है कच्चे
नहीं है अब बच्चे जो ना समझे तो हो बुरा।।

पट झीना पट भीतर है झीनी मुस्कान
दन्तावली से झांक रही झीनी मुस्कान
मुस्काती मेहंदी-संग आस पियामिलन
झुका है आकाश देख-देख ये मुस्कान।।

पट पीछे छिपी है मधुर-मधुर मुस्कान मनोहर
मन-हास चेहरा-उजास मधुर मुस्कान मनोहर
रंग-मेहंदी-संग मन-रंग-संग-पिया- मन-भावन
आज नवेली-नार देखो मधुर मुस्कान मनोहर।।

आजकल शेर मांद में शिकार करने लगे है
बाहर अब सियार हुआ हुआ करने लगे हैं
शेर के पांव में कांटा क्या चुभा कमबख़्त
जीत का शोर सिरफिरे ऐसा करने लगे हैं।।

आजकल गीदड़ भी गुड़ खा गुर्राने लगे हैं
शेर को भी हथकण्डो से यूं डराने लगे है
झुंड बना सीना तानकर बेखौफ चलते हैं
शेर निकला अब घर से तो पछताने लगे हैं।।

चन्द अल्फ़ाज ही तो है जो दोस्त-दुश्मन बनाते हैं
जो जुबां-मिश्री-घुली हो तो दुश्मन-दोस्त बनाते हैं
बनाते हो त्योंहारी-मीठा क्या देखो ग़जब ढाते हो
अहाते-ख़ंजर नहीं रखते जो दुश्मनदोस्त बनाते हैं।।

दीपों की अवली जिस भांति अमा कालिमा हर जाती
हम एक एक बन दीप-पंक्ति हिंदी का यूं तम हर जाती
मुस्काती यूं उजियारा बन दूर तलक आलोक पर्व पर
बन पथप्रदर्शक आनेवाली पीढ़ी को आगाह कर जाती।।

हो दुनियां मुख़ालिफ़ हमारे तो क्या
हम इश्क में जां अपनी दे तो क्या
अलीफ हम है एक दूजे के सनम
अली को मंजूर नहीं मिलना तो क्या।।

छुपाकर रखूंगा दिल में तुझको मैं अपने
दिखाकर रखूंगा शीशा-ए-दिल में अपने
घर-दिल अपना ना तूं जाये ना जाने मैं दूं
कहने दे अब तो रहने दे दिल में अपने।।

बेकाबू है आज दिल अपना यारो
फिर कहो स्वप्न कैसे हो काबू यारो
दिन फिर भी निकल जाता है सब्र
रात बेकाबू – काबू कैसे हो यारों।

ढ़ोया हूं बोझ खच्चर-सा जिंदगी का अब
नही दिन-रात फ़िक्र में सोया जिंदगी अब
तेरी पेहरन – उतार फेंकना चाहता हूँ जिंदगी
खोया ख्याल-ए- मौत बड़ी देर से रब अब।।

कह लूं कुछ तो कह लूं आंखों से आंसू बन बह लूं
व्यथा-कथा अपनी क्या जानू अब पानी बन बह लूं
रख पानी बीती जवानी जिंदगी अब चाहती रवानी
हो इजाजत नदियां बन अब तेरी आँखों से बह लूं।।

नहीँ बोल पाते कब मिश्री घोल पाते
बिनमोल बिक जाते कब तोल पाते
ब्रत करवा- करवा पाते कब अपना
बताओ ओर कब हम घर बोल पाते।।

उड़ान का क्या कहना पंछी
कब अपनी हार मानता पंछी
मुड़ – मुड़ कर कब देखता वो
घोंसला अपना उड़ान का पंछी।।

अभी बाकी है कुछ लम्हे मुझे ओर जीने दे
क्या फ़र्क पड़ता है मुझे कुछ ओर पीने दे
दरख्त भी सूखते हैं वक्त आने पर ऐ 'मधुप'
जीना बहुत हुआ मरमर जीने के लिए पीने दे।।

बेकाबू है आज दिल अपना यारो
फिर कहो स्वप्न कैसे हो काबू यारो
दिन फिर भी निकल जाता है सब्र
रात बेकाबू – काबू कैसे हो यारों।।

आदमी जब अपने ही घर में हार जाता है
तब उसे हराना बाकी कब रह जाता है
तब वह पार पाता है गैरों से किस क़दर
वह अपने आप ही बिना लड़े हार जाता है।।

आँख नम है तेरे नाम से ये क्या कम है
मुहब्बत तुमसे तेरे नाम से ये क्या ग़म है
मत रूठ वेवजह मुझसे मैं तेरा सदा से
नाम में रखा क्या प्यार किसी से कम है।।

फैली है धुंध जीवन में साफ दिखलायी नहीं देता
जिंदगी की हरियाली तक हमें जाने नहीं देता
कहता है सेतु जीवन का धुंध के पार खुशहाली
बन्धन मोहमाया का मगर उस पार जाने नहीं देता।।

घरबार बहुत द्वार बहुत है लेकिन सच्चा प्यार नहीं
दौलत की भरमार बहुत है लेकिन कारोबार नहीं
देखो सच्चा यार नहीं क्या दुनियां का व्यवहार यही
भूख है जीवन जीने की क्या इसका पारावार नहीं।।

ख़्वाहिश थी तेरी या फिर सिर फिरा था मेरा
बज़्म में आकर अक्सर नाम लेते थे जो मेरा
मैं अक्सर तुम्हें समझ बैठा था जो अपना तो
लोग कहने लगे सिरफिरा नाम जो ठहरा मेरा।।

मतभेद रखिए मन भेद ना रखिए ज़िगर में
जुदा हर शख्स है फिर भी रखिए ज़िगर में
नज़र प्यार की रखिए जाइये ना फ़िगर पे
मत, भेद रखिए इंसां के नाजुक से ज़िगर में।।

एक उम्मीद है जगाई निजभाषा सम्मान
हिंदी हिन्द की पहचान है मान- सम्मान
आज बने एक से अनेक मंच निजभाषा
कहो अहो एक सब हिंदी – हिन्द समान।।

ये अल्फ़ाज़ो से बयां करना मुश्किल है
ये रिश्ता दोस्ती का निभाना मुश्किल है
दिल का दिल ही जाने अब हाल क्या है
ये जुबां से बताना भी अब मुश्किल है।।

मत सोच अपनों के बारे में इतना पोच
चलते चलते जब पांव में आ जाये मोच
तब बहके कदमो को सम्भालता कौन
अपने स्वार्थ से भरे होते है ना ऐसा सोच।।

भीड़ से हम दूर थे बहुत पर भीड़ में आना पड़ा
होकर मज़बूर जो तेरे दर पर मुझे आना पड़ा
रखना चाहा अपने ग़म को छुपाकर जमाने से
मगर दस्तूर ये जमाने से मुझको निभाना पड़ा।।

ऐ चाँद तुझको फलक से ज़मी पर उतार लाएंगे हम
मत दिखा तूं अपनी जादूगरी नहीं कम किसी से हम
तुझको बना के छोड़ेंगे दिल से अपना हम हमसफ़र
ये जुल्फ तेरी सावन घटा सागर से कम नहीं हैं हम।।

कैसे भ्रमित कर रहा कान्हा देखो
जन्मदाता के हाथों-कान्हा देखो
देखो कैसे मुदित हो रहा जगदाता
त्राता भाग्यविधाता कान्हा देखो।।

तुम्हें क्या पता जान ये मुहब्बत अनजान
रूह भी उलझ चुकी है मुहब्बत-अनजान
इसे इश्क की मेहरबानी कहूं या उल्फ़त
तेरा इश्क-इबादत हो गया है अनजान।।

तेरे ख़ामोश दर्द को अपनी जुबां से कह सकूं
मरता है इंसान पर मरमर के अब ना रह सकूं
काश ! कह सकूं ख़ुदा से अब और दर्द ना दे
जिसे सहते – सहते अब और ना मैं सह सकूं।।

चाहत कभी गुमनाम नहीं होती
राहे कभी सुनसान नहीं होती
होती चाहत तेरे दिल में मेरी
तो मुहब्बत यूं बदनाम नहीं होती।।

दिल टूट चुका है अब तो
सब लुट चुका है अब तो
कौन बचाये इस मंजर से
बस दम टूट जाये अब तो।।

दिल आखिर दिल जो ठहरा
भावनाओ पर किसका पहरा
उम्र हसीनाओं की पूछना मत
घाव करता हृदय पर गहरा।।

सावन सूखा जाये पिया अब सावन गीत सुनाने आजा
मनभावन है मौसम प्यारा अब बदल- राग सुन-आजा
आजा प्रियतम नेहा-मेहा- बन तन – तरुवर सरसाजा
शिवशंकर अब पर्वत-पुत्री संग है हृदय प्यास बुझाजा।।

हम रोज नयी कविता गढ़ते हैं
क्या दिल को कभी पढ़ते हैं
गढ़ सकते अगर दिल को तो
रोज दिल तोड़ पुनः गढ़ते हम।।

दिल के जज़्बात अब किससे कहूं
ग़म-ए-हालात अब किससे कहूं
कोई तो समझे अब मुझको यारों
अब बिन मौसम बरसात किस्से कहूं।।

चलो अब जीवन-पथ पर पगडण्डियां ललचाती है
सपाट सड़क आम रास्ता सुगम कह पाती
नज़ाकत या नफ़ासत से जीवन-पथ पर चलना
निगाहें कब तलक आम से ख़ास हो पाती।।

उम्र आने पर शज़र भी ढह जाता
पता नहीं आदमी मन की कह पाता
जमाना है जमाने- सा पड़ेगा निभाना
जिंदगी है मौत से अब रिश्ता निभाना।।

नजीरें देतें हैं जो हमको ईमानदारी की
जीवन में उनके क्यों है परत बेईमानी की
ख़ुद तो आम खाते हैं हमें परहेज सिखलाते
आज खुद ब खुद सीखी हमने खुदगरज की।।

सूरज भी तेरे हुस्न की लाली से निकलता होगा
फिर तो चाँद भी तुम्ही से रोशनी लेता होगा।।
तेरे हुस्न ने दस्तूर-ए-संसार ही नहीं बदला
समीकरण के साथ गणित ही बदल डाला।।

जिंदगी चाहे तो अब मुझको ना आराम दे
जिंदगी जीने के वास्ते थोड़ा तो विश्राम दे
मत बन तूं क्रूर इतनी कंस के कारगाह सी
अब उठने से पहले थोड़ा तो चैन से सोने दे।।

जिंदगी मै बोझ तेरा जिंदगीभर ढोता रहा
आज थका कंधों को अपने जो सहला रहा
काश किस्मत होती हमारे कोई आरामगाह
आज महल-ए-जिंदगी में आराम फरमा रहा।।

मुफलिसी में मौत भी मिलती नहीं
कायनात-ए-मुहब्बत मिलती नहीं
शुकुं से जी लूं चारदिन जहां में
मुहब्बत है, तिजारत में बिकती नहीं।।

अब मौत से फासला कम होता जा रहा है
ना जाने कौन सा ग़म कम होता जा रहा है
आ रही है मौत जबसे दिन-दिन नजदीक मेरे
ऐ ख़ुदा दरमियां फासला खत्म होता जा रहा है।।

दिल चाहता है आज फिर मेरा
अपनी जां को जां अपनी दे दूं
या फिर अपनी जां से अपनी जां
वापस ले लूं और बेजान कर दूं।।

मैं अगर मौत का सौदागर बन जाऊं
तो पहले मौत खरीद अपने लिए लाऊं
ना आऊं दुनियां में लौटकर-लौटकर फिर
फिर औरों को चैन की गहरी नींद सुलाऊं।।

जिंदगी को अब मैं हारना चाहता हूं
सच कहो उन पर वारना चाहता हूं
हो ना परवाह चाहे उनको मेरी अब
जिंदगी को अपनी तारना चाहता हूं।।

ख़्वाब ऐसे कातिलों से गुजर रहे हैं
वो हमारे होने से जो मुकर रहे हैं
कल ईद है दीद उनका हो ना हो
स्वप्न हमारे कत्ल जो ऐसे हो रहे हैं।।

चलो चलें अब सो जाते हैं
इक दूजे के अब हो जाते है
ईद आये उससे पहले हम
इक – दूजे में खो जाते हैं।।

अब डर लगता है उनको लिखते ख़त
बहुत बुरी चिट्ठियों के चिट्ठों की हालत
पत्र पा सुर्ख हो जाते उनके अधराधर
एक खता हो जाती लिख उनको ख़त।।

थामलू हाथ उनका कर उनसे मुलाकात
भर लूं बाहों में उनको कर मुलाकात
मुलाकातों का दौर चलता रहे अनवरत
होती रहेगी फिर मुलाकात पे मुलाकात।।

रिश्ते बनाने से नही बनते
लोग ख़ुद है अपने बनते
रूह का साथ गऱ् हो तो
रिश्ते बोझ नहीं बनते।।

दिल को कह दो दर्द ना दे अब मुझको
मैं अब थका-हारा ना दे ग़म मुझको
ना चाहिए मुझको उनके गम का सहारा
अब दिल आसरा-बेआसरा कर दे मुझको।।

रेत के समंदर – सा सूखा ये दिल मेरा
अधूरी – प्यार है और बैचैन ये दिल मेरा
तुम चाहे प्यार की कितनी बारिश करो
क्योंकि ब्लोटिंग-पेपर- सा ये दिल मेरा।।

कत्ल कर दूं तुझे या ख़ुद कत्ल हो जाऊं
जिस्म फ़रोश नहीं, बिंमोल तेरा हो जाऊं
क्या कर जाऊं गुनाह मैं तेरी जुस्तजू में
रूह बैचैन कर दूं ऐसा गुनाह कर जाऊं।।

मंजर मौत का देखकर यह ख़ंजर भी डर जायेगा
सब्रकर ख़ुदा के बन्दे ख़ुद ख़ुदा क्या कर जायेगा
नेमतें मांगी दुआ में जिसके लिए तुमने ख़ुद ख़ुदा से
क्या पता ईद पे वो तुमको कौनसी ईदी दे जायेगा।।

हम तेरे शहर में आये हैं मुसाफ़िर की तरह
मुन्तजिर है मुहब्बत-दिल आशिक की तरह
सज़दा करले दिल से अब दिल-ए-क़ातिल
तूं माने ना माने है मुहब्बत-घायल की तरह।।

अपना माना है तुमने दिल से अगर
अपना माना है मन से मनन अगर
जाना जा ना अब हो ना अनजाना
अब आना ना हो आना जो अगर।।

महाकाल ने जिसे बुलाया ना टाल पाया
मंत्र महामृत्युंजय मौत को भी टाल पाया
कब काल-जाया हस्ती उसकी मिटापाया
जिसपे हो सदा महाकाल की छत्रछाया।।

बात-बेबात मुझसे ना कर बात कोई बात नहीं
कर दे कत्ल दिल-ए-ज़ज़्बात कोई बात नहीं
दे दे ग़म की सौगात ऐसे दिल-हालात ना कर
अपना माना गर, हो नाराज़ तो कोई बात नहीं।।

मेरा इश्क महज़ एक हादसा तो नहीं था
जुल्म करे मैं ऐसा बादशाह तो नहीं था
मांगे अब किस गुनाह की सज़ा ऐ ख़ुदा
रूह से रूह का मिलना गुनाह तो नहीं था।।

राज-ए-मुहब्बत अब छुपाएं किससे
दुनियां को एतराज़ क्यूं है किससे
खुल चुके हैं राज़ ये पहले से सभी
मौजूदगी देख यहां जलन क्यूं किससे।।

तुम वफ़ा क्या जानो तुम जफ़ा क्या जानो
क्यों कोई तुमसे ख़फा हो तुम क्या जानो
ख़ार है या प्यार है दिल में तुम्हारे अब
प्यार लफ़्जों-दिल-होता है तुम क्या जानो।।

प्यार है मगर इकरार नही
ख़ार है मगर इनकार नही
बोलिए मत जुबां से अब
प्यार है मगर प्यार नहीं।।

क़ातिल निगाहें हुआ करती थी कभी
मुस्कान से जी जाया करते थे कभी
आज जीना भी दुस्वार कर दिया है
उफ़ क़ातिल मुस्कान से बचे कैसे कभी।।

नींद के आगोश में कब कोई सो पायेगा
ये नागिन से बाल बाला के देख पायेगा
रातभर नींद नहीं आएगी उसको देख
चौंक-चौंक जागेगा स्वप्न में सो पायेगा।।

ग़ुस्ल कर लूं तेरी स्मित मुस्कान में
नहीं टिक पाऊंगा नज़र-पैनी धार में
निगाहें फिर भी बख़्श देती जान को
मुस्कान कर देती कत्ल लाख हज़ार में।।

जख़्म सहते रहे जो मुहब्बत में सब चुपचाप
देश के वास्ते मुहब्बत को मिटा देंगे चुपचाप
ग़म ना करना शहादत-ए-मुहब्बत का कभी
जो कुर्बान कर दूं ये देश के वास्ते चुपचाप।।

चुरा ले नींद कोई हमारी कोई बात नहीं
चुराये सपनों को हमारे हमें बर्दास्त नहीं
महक सपनो की भी है हमारे सीमापार
चन्दन -खुशबू भी होती सीमापार नहीं।।

दिल को कह दो दर्द ना दे अब मुझको
मैं अब थका-हारा ना दे ग़म मुझको
ना चाहिए मुझको उनके गम का सहारा
अब दिल आसरा -बेआसरा कर दे मुझको।।

तिलिस्म जिंदगी का भी कितना अजीब है
कैच जिंदगी को करने मौत बाउंड्री पर खड़ी है
जिंदगी और मौत के दरमियां इतना फासला है
जैसे कब्बडी में लाईन छूते ही मौत से जिंदगी है।।

इतना भी विश्वास मुझपे ना कर कि तूं धोखा खा जाये
इतना भी उधार मुझपे ना कर कि क़र्ज उतरा ना जाये
बहुत खूबियां है तुझमे और बहुत कमजोरियां है मुझमे
कौशिश करता हूं बहुत इस आदत को सुधारा ना जाये।

समझ नहीं आता जिंदगी
इतनी जिद क्यूँ करती है
जीने के तमाम रास्ते रोककर
जीने की कसम देती है।।

हम रोज नयी कविता गढ़ते हैं
क्या दिल को कभी पढ़ते हैं
गढ़ सकते अगर दिल को तो
रोज दिल तोड़ पुनः गढ़ते हम।।

दिल के जज़्बात अब किससे कहूं
ग़म-ए-हालात अब किससे कहूं
कोई तो समझे अब मुझको यारों
अब बिन मौसम बरसात किस्से कहूं।।

जिंदगी चाहे तो अब मुझको ना आराम दे
जिंदगी जीने के वास्ते थोड़ा तो विश्राम दे
मत बन तूं क्रूर इतनी कंस के कारगाह सी
अब उठने से पहले थोड़ा तो चैन से सोने दे।।

महक मेरे दिल की बहुत दूर तलक जाती है
यूं ही नहीं तितलियां मेरे इर्द-गिर्द मंडराती है
ढूंढती मुझको है कस्तूरी मृग की भांति और
मदमस्त अपने ही नशे में मजबूर हो जाती है।।

सो गयो कई ख्वाब ले कर
खो गये कई ख्वाब पा कर
रह गये ना सोने वाले अब
खो गया चैन नींद खोकर।।

निखर लूं चाँद तुझसे बेहतर मैं
कर श्रृंगार सोलह होले होले मैं
रीझ जायेगा प्रीतम मेरा मुझ पे
तेरी चांदनी -रूपोज्वल हो लूं मैं।।

दिल चाहता है आज फिर मेरा
अपनी जां को जां अपनी दे दूं
या फिर अपनी जां से अपनी जां
वापस ले लूं और बेजान कर दूं।।

मैं अगर मौत का सौदागर बन जाऊं
तो पहले मौत खरीद अपने लिए लाऊं
ना आऊं दुनियां में लौटकर-लौटकर फिर
फिर औरों को चैन की गहरी नींद सुलाऊं।।

दर्द जब पीर बन कर उभर गया
दिल का दुःख जाने किधर गया
पीड़ा पीड़ा पीड़ा वो कहता गया
दर्द ना जाने कब का पिघल गया।।

महसूस करें उसे खुशबू कहते है
जान का प्यासा हो उसे दुश्मन कहते हैं।
जिसके मिलने से जान में जान आ जाये
उस जानेबर जानिसार महबूब कहते हैं।।

प्यास जगाकर आग लगाकर पूछते हो क्या
ज़रा दिलपर अपने हाथ रख धड़कता है क्या
क्या पूछते हो दिल अपना पराया हुआ कब
अब ना पूछिये हाल अपना क्या से हुआ क्या।।

मै मंजिलों की तलाश में भटका नहीं बोलो कहां
आज मंजिले मेरे क़दमो तले ढूंढू तो बोलो कहां
मन-मधुप विचलित सा आज तेरे साये को है
काश तेरी-मेरी मंजिलें मिलती तो बोलो कहां।।

बहुत बार मन में ऐसा ख्याल आता है
कि मै जिसे पसन्द हूँ उसे में मिला नही
मगर मुझे वो पसन्द है मुझे अब भी
पता नहीं फिर भी मुझे उसका ख्याल
आता है क्या यही प्यार है।।

इतना भी विश्वास मुझपे ना कर कि तूं धोखा खा जाये
इतना भी उधार मुझपे ना कर कि क़र्ज उतरा ना जाये
बहुत खूबियां है तुझमे और बहुत कमजोरियां है मुझमे
कौशिश करता हूं बहुत इस आदत को सुधारा ना जाये।।

यूं राज-ए-हुस्न कब तक छुपाओगे मुझसे
हुस्न की बारीकियां बेहतर जानते तुझसे
कत्ल ना कर खंजन सी आँखों के ख़ंजर से
दीवाना मरता है भला कोई बेहतर मुझसे।।

हम हठ करते हैं अपने साथ
ख़ुदा को करते अपने साथ
समझ अपना जिसे करते खुश
भान नहीँ रखे उसे अपने साथ।।

आपको जन्म दिवस की हो बधाई
जीवन हो खुशहाल पुनः हो बधाई
वर्ष हो आगत विगत से खुशहाल
युवादिल फिर आज मित्र हो बधाई।।

धन की वर्षा करे धन्वन्तरी
स्वस्थ काया करे धन्वन्तरी
माया-मन-मोह नहीं जात
काया तजे चाहे धन्वन्तरी।।

आज मेरा चाँद उस चाँद को देखेगा
सजेगा संवरेगा चाँद उसको देखेगा
दरमियां चिलमन होगा चाँद-चाँद में
चंद्र-चांदनी को मेरा महबूब देखेगा।।

खामोशियाँ कब कहती है मुझे आवाज़ दो
परिंदे कहते कब हवा से मुझे परवाज दो
जिस्म में बैठे नादां इंसां के रूह को न जाने
तुम कब ईश्वर को शैतान कब नवाज कह दो।।

बस्तियां दिल की वीरां हो गयी है
प्यार की दुनियां कहीँ खो गयी है
आ जाओ बसेरा कर लो इसमें अपना
शायद इंसानियत फिर से कहीं सो गई है।।

आँख नम है तेरे नाम से ये क्या कम है
मुहब्बत तुमसे तेरे नाम से ये क्या ग़म है
मत रूठ वेवजह मुझसे मैं तेरा सदा से
नाम में रखा क्या प्यार किसी से कम है।।

यादें उनकी फिर ताज़ा हो गई
सुबह तो फिर ग़मे-शाम हो गई
कहकहा लगाते मिलकर सब
आज फिर उनकी बात हो गई।।

कब कहा मैंने तुम्हें जिंदगी रास्ता दे
कब कहा मैंने तुम्हें अपना वास्ता दे
रास्ते कुछ कहे अनकहे जाने अनजाने
कब कहा मैंने आकर मिल अपना वास्ता दे।।

रूह कब कहती है तूं किसी से बैर कर
रूह कब कहती है तूं किसी से प्यार कर
रूह रूखी जान न दिल का अरमान है
रूह की रख ज़रा इंसानियत से काम कर।।

हम तो इजहार-ए-मुहब्बत करते हैं
हम वक्त का इंतजार नहीं करते हैं
जो जमाने के खौफ़ से नहीं डरते हैं
हम प्यार महज उन्हीं से करते हैं।

जूनूं इश्क का इस क़दर सर चढ़ बोल रहा
हवा में फिर ठहर – ठहर दिल डोल रहा
ना जाने यह फितूर इश्क का उतरेगा कब
दो जमात पढ़े नहीं फिर इश्क मुँह से बोल रहा।।

सनन सा आँखों से तीर चल गया
ना जाने किसका सितारा ढल गया
सौख नजरों से बच के निकल जाना
अब ना जाने दिन किसका ढल गया।।

इस अजब मुस्कुराहट पे तो ये दिल वारा है
कौन जाने अब फिर भी ये दिल कुं -वारा है
नाज़ – नख़रे भी तुम्हारे कितने अजब हैं
शायद ये दिल अज़ब- गज़ब तुम पे वारा है।।

तेरे नाम को यदि दूसरा नाम दूं
तेरे अंजाम को यदि अंजाम दू
मोहलत दे गर् मुहब्बत करने की
तेरे इश्क को फिर नया नाम दूं।।

हर हर्फ़ से तेरी खुशबू आती है
हर हर्फ़ से तूं सितम ढाती है
ये कमज़ोर दिल इंसान क्या करें
ना तेरी सुबह ना शाम आती है।

मुस्कुराता था मैं आज फिर मुस्कुराना आ गया
अनजाने में मुझको वो पल फिर याद आ गया
आज याद आ गया मुझको मेरा बीता जमाना
सब कहते देखो वो ख़ुशी का खजाना आ गया।।

बस्तियां दिल की वीरां हो गयी है
प्यार की दुनियां कहीँ खो गयी है
आ जाओ बसेरा कर लो इसमें अपना
शायद इंसानियत फिर से कहीं सो गयी है।।

तिलिस्म जिंदगी का भी कितना अजीब है
कैच जिंदगी को करने मौत बाउंड्री पर खड़ी है
जिंदगी और मौत के दरमियां इतना फासला है
जैसे कब्बडी में लाईन छूते ही मौत से जिंदगी है।।

किसी शायर की तराशी हुई नज़्म हो तुम
विधाता की तराशी हुई सुंदर तस्वीर हो तुम
तुम्हे देखकर ख्वाब भी हकीकत लगता है
ना जाने कौन से ख्वाब की तक़दीर हो तुम।।

मुफलिसी में मौत भी मिलती नहीं
कायनात-ए-मुहब्बत मिलती नहीं
शुकुं से जी लूं चारदिन जहां में
मुहब्बत है, तिजारत में बिकती नहीं।।

ये मेरे स्वप्न बलुआ मिट्टी से नाजुक
बनाता हूँ देकर थपकियां नाजुक
संग पानी सा कुछ पल बाद सूखे
भुरभुरा के टूटे रूखे स्वप्न नाजुक।।

दिल चाहता गर् तुझको तो कोई बात नहीं
होती बिन मौसम बरसात तो कोई बात नहीं
साथ होता हमारा- तुम्हारा दिवा-रात और
कैसे होते बयां जज़्बात गर् बरसात नहीं।

हम जाने कब यहां से चले जाये
आपस में फिर बैर से छले जाये
दुश्मनी दोस्ती से कब अच्छी होती
अगर दोस्त दुश्मन बन चले जायें।।

थक गया हूं आज मैं संग भीड़ के चलता हुआ
प्यार की पगडंडिया फिर खोजता हूं चलता हुआ
चाहने लगा हूं फिर चिर जीवन की खामोशियाँ
रह-रह आने लगा याद प्यार फिर चलता हुआ।

जिंदगी कहीं गलतफहमियों का नाम तो नहीं
जीवन में ज़हर घोलना लोगो का काम तो नहीं
किस क़दर भय दिखाकर लूटते हैं हमको लोग
कहीं स्वार्थ सिद्ध करनेवालो का काम तो नहीं।।

मेरी साफ़गोई कभी भी मुझको धोखा दे सकती है
तेरी तारीफ़ कभी भी तुझको धोखा दे सकती है
मान ले मुझ नादान की कुछ तो समझदारी अब
ये जिंदगी कभी भी मुझको-तुझको धोखा दे सकती है।

मंथन मेरे मन में चल रहा आज अंतर से
वो क्योंकर दीवानी मेरी हुई आज अंतर से
उसके सहलाने से दर्द कब छूमंतर हो गया
दिल मचल गया जानने को उसे अंतर से।।

आज मुझे मेरी तन्हाई भाने लगी है
ना जाने क्यूं मुझे वो चाहने लगी है
तन्हा हूं मगर जब लेता अंगड़ाई हूं
लगता है वो मुझको सताने लगी है।।

कुछ अनकहे ख्वाब रहने दो
आँखों की बात आँखों को कहने दो
राज़ खुल जायेंगे मुहब्बत के सारे
कुछ बातों को अनकहे ही रहने दो।।

सब्र कर ये तेरे इम्तिहान की घड़ी है
रात अब इंतेजार की दो चार घड़ी है
तारीक-ए-रात रोशनाई सी है छायी
सुबह आनेवाली रौशनी की घड़ी है।।

नादान तितलियां समझती है कि मरता भ्रमर हम पर
ले मकरन्द भ्रमर उड़ जाता तितलियां विकलमन पर
कौन जाने मन की व्यथा करती मन को वृथा व्याकुल
आज किसने क़तर दिये तितलियों के वो कोमल पर।।

बेताब तेरे दिल को इस क़दर कर दूंगा
आयेगी मेरी याद ऐसा जादू कर दूंगा
तलब इजलास-ए-ख़ुदा कर लूंगा तुझे
बेताब-ए-यार ख़ुद जां निसार कर दूंगा

मेरी रूह को मत आज़ाद कर
तेरे आंचल में रख यूं छुपाकर
शीत हवाओं का कहर ना छू सके
कम से कम ऐसा एक पहर कर।।

मैं महक हूं बस तूं मुझे महसूस कर
दूर हूं पर पास दिल से महसूस कर
एक दिन ये ख़्वाब ही हक़ीक़त बने
जाफ़रानी खुशबू ना दिल से दूर कर।।

यूं राज-ए-हुस्न कब तक छुपाओगे मुझसे
हुस्न की बारीकियां बेहतर जानते तुझसे
कत्ल ना कर खंजन सी आँखों के ख़ंजर से
दीवाना मरता है भला कोई बेहतर मुझसे।।

आजकल मजनूं सा ये दिल उदास रहता है
ना नहाया ना धोया बडा परेशान रहता है
ना तो वो है सल्तनत की सहजादी फिर भी
ये दिल प्यार की गलियों में गुमनाम रहता है।।

आहत हताहत हुआ नहीं आज कौन अल्फ़ाज़ो से
चाहत-शिकायत ना हो आजमा कौन-अल्फ़ाज़ों से
भीरुता बनी आज जिसका गहना वो प्यार क्या
शिद्दत से सिर कटवाने की बात कौन-अल्फ़ाज़ों से।।

गुस्ताख़ ये दर्द अब हमें जीने नहीं देगा
पी-पी के हारे ज़ाम अब पीने नहीं देगा
रात की तन्हाई हो या दिन का सूनापन
पी-पी पी की याद हमे जीने नही देगा।।

ये मौन गुस्ताखियां उसकी मुझे भाने लगी है
क्या वो मुझको दिल ही दिल चाहने लगी है
कब मौन खत्म हो उस नाज़नीन का और
हमको तुमसे प्यार हुआ है गीत गाने लगी है।।

ये तेरी ज़ुल्फ़ उठा दूं तो शर्मसार हो जाये तूं
ये तेरी ज़ुल्फ़ उठा दूं तो ओठ दांतो से दबाये तूं
घनघोर घटा तेरे गेसुओं की छायी पर्दा बन
ये तेरी ज़ुल्फ़ उठा दूं तो शर्म से ना मर जाये तूं।।

उम्र भी क्या हमारी है अभी तक जवां हम हैं
उम्र का पड़ाव ऐसा पिता-पुत्र मित्रसम हम है
हम पिता- पुत्र मित्र-सम मन्त्रणा कर लेते है
उम्र का क्या है अब वृद्ध-बालक सम हम हैं।।

अब सत्रह से ख़तरा ख़त्म होगा अठारह का आगमन
कुछ रहेंगी खट्टी-मीठी यादें और सत्रह का होगा गमन
अब सत्रह को भूलो और करो अठारह का सुस्वागतम
जीवन है आना-जाना अब कर ना इकदिन होगा गमन।।

www.ingramcontent.com/pod-product-compliance
Lightning Source LLC
Chambersburg PA
CBHW051639050726
47502CB00011B/1338
* 9 7 8 8 1 9 3 7 0 2 2 6 0 *